名家小写文集

沈 念 著

房间里的河流

北京联合出版公司
Beijing United Publishing Co.,Ltd.

图书在版编目（CIP）数据

房间里的河流 / 沈念著 . -- 北京 : 北京联合出版
公司 , 2024. 8. -- (名家小写文集). -- ISBN 978-7
-5596-7904-8

Ⅰ . I267

中国国家版本馆 CIP 数据核字第 2024G8L096 号

房间里的河流

作　　者：沈　念
主　　编：张海君
出 品 人：赵红仕
出版监制：张晓冬
责任编辑：周　杨
特约编辑：和庚方　张　颖
封面设计：立丰天

北京联合出版公司出版
（北京市西城区德外大街 83 号楼 9 层　　100088）
三河市同力彩印有限公司印刷　新华书店经销
字数 260 千字　710 毫米 × 1000 毫米　1/16　12 印张
2024 年 8 月第 1 版　2024 年 8 月第 1 次印刷
ISBN 978-7-5596-7904-8
定价：65.00 元

目 录

第一辑
春漫漶

春漫漶

　　房子汗涔涔的……天花板、墙壁、地板、虚掩的木门，最显眼的地方，最隐秘的角落，看得见的潮湿爬满每一件事物的肌肤。

　　南方的四月，阴雨绵绵。天晴的日子屈指可数。2010 年日历上春天的角落，冷空气苟延残喘，卷土再袭，把"回潮"写进年度日志中。

　　我身边的每个人都在议论这场回潮的时间长短和对上潮事物的新发现。人们的神情夸张，无一不倾吐怨恨，却无可奈何地默许天气的嚣张跋扈。

　　父亲正是在这个春天最难堪的时间段病倒住院的，病因是脑梗塞，右侧手脚麻痹，不听使唤，令人猝不及防。得到消息时，我已在北京待了一个半月。四月初的京城迟迟未能入春。那些本该吐绿的植物无动于衷，连"送暖"信号也杳无踪影。沙尘暴天气往返几次，连开窗透气的机会也不给。一眨眼，窗台、书桌、书籍、被单上都能掸落微尘颗粒，也抖落一份嘈杂的心情。媒体说，这是近 10 年来北京入春最迟的一年。而对在南方长大的我，这个降临在北方的春天，在交叉奔跑中写下灰色、焦虑、忧郁等关键词。

从京城回湘，回乡，递入眼中的葳蕤的新绿，在婆娑的雨中萌发，却一点也不灵动。脑梗塞，我反复咀嚼着这个突如其来的词语，在民间语文中，它等同于中风、偏瘫，一个人的后半生要跟一张床或一把轮椅相依为伴。

59 岁的父亲迅速地把自己搬进了老家县城的中医院。他被疾病打倒的身体，也成了亲朋好友在这个春天议论的又一话题。在大伙的记忆中，他的性格大大咧咧，行事干净利落；他年轻入伍，一贯自诩练就一副好身体；除了多年的烟龄曾经造成支气管炎的病史，以及他近年偶尔提及却又藐视的胸闷失眠外，从未有过其他不适；他敌视医院，他吹嘘去医院从来都是看望别人。

病来如山倒。父亲清晨一觉醒来，发现右侧肢体麻木无力，手脚不听使唤。"敌视"的他只能举单手投降。送到医院检查，CT 扫描，左脑动脉粥样硬化，局部血栓形成，动脉狭窄，壅积不畅。医生不用细想就确诊是脑梗塞。

父亲说，两天前他就有不适的感觉，右手乏力，举箸不稳，脑鸣厉害，走路时跑"单边"。"无缘无故"，他的总结激起家人的抨击。"怎么会无缘无故呢？是积劳成疾，"母亲在一旁数落，"加上这段时间阴冷潮湿，寒从脚起，我早说过毛衣毛裤先不要脱。"……

仿佛父亲的这场病是潮湿的春天的罪过。

24 床，吊水。24 床，量血压。24 床，测体温。24 床……父亲开始有了一个数字名字。他还念叨着 4·14，他的身体在这一天早晨就不听使唤了。

他就那么安静地躺在 24 床上，睁开眼睛看着输液管中药水一滴滴地把时间带走，张开嘴巴吞下一把白色药片。简式床头柜上摆着熬好的中药，密封在一只玻璃瓶内，褐色的液体，让胃苦涩难受。还有尼莫地平片（恢复期对改善脑部血液循环有利）、阿司匹林（遏制血小板的聚集和血栓的形成）、消炎利胆片（一并查出捣乱的胆结石）。现在的父亲，感到了身体的孱弱，生命的虚无。曾经强大的敌视早已粉碎，对医生的药嘱言听计从。喜欢历史战争片的他开始关注电视一档健康节目，他认真记下那些能降压、软化血管的蔬菜、水果的名称，以及什么时间段食用效果最佳。

父亲的情绪时有暴躁。他原本就是个性格急躁的人，住院后的安静来之不易。穿孕妇装的护士很会安慰：高血压、冠心病、糖尿病、肥胖、喜食肥肉，45 ~ 70 岁的中老年人都易患脑梗塞，已经是常见病了，不是大问题，就权当休息。主治医生说，对于这种造成神经功能障碍的脑血管病，治疗主要原则是改善脑血管循环，阻止朝痴呆、偏瘫、失语等向恶劣方向前进的脚步，如果过了七天复发期没恶化，就容易治疗了。

父亲躲在被子里掰着左手指头，一项项地排除。他倔强地要找到真正的诱因，因为医生说的那些因素他都不曾有过。他对我们说，去年他去广州帮姑妈打理酒吧，虽然常常熬夜却从不宵夜，白天也补上充足的睡眠。今年年初在母亲所在学校的食堂帮忙，劳动强度也不算大。每天抽烟的支数一降再降……

我们都没在乎他的寻找，更没否定那些理由。结果摆在眼前，需要的是对结果的诊治，而并非要从可预防的过程开始。我说，有许多隐疾是不被人知的。

父亲点点头，对我们的不冷不热流露出沮丧之情。我们劝慰他不要精神郁闷、过分紧张，一切波动的情绪都对治疗无益。而他总要对母亲照顾中的举止剔三拣四，声音震响到过道。父母亲结婚 30 多年，就没间断过磕磕碰碰，可他们仍然一直在一起，也许一辈子也改变不了。我习惯了他们的争吵，左耳进右耳出，不在心头过夜。

别争了。我有时会轻声地劝阻一句，像和事佬一样。对我这个不能常回家陪在他们身边的儿子，他们会知趣地选择安静下来。

我心头掠过一丝骄傲，但很快在安静的病房，在潮湿的空气中，被愧疚和难受击垮。

中医院坐落在县城的老城区，我很早就离开了老家，对这所医院的信任度，我理所当然地持有怀疑的态度。但弟弟坚持，他找了医院最好的医生，甚至搬动了他的院长哥儿们。

医院里的樟树也就在春天的几场风雨中换上新绿，这种绿，曾是我抒情赞美过的。此时，我心事重重，径直从医院窄小的大厅穿过。挂号划价处、药房、内科、外科、神经科、骨科、B超室、急诊、住院部……陈列在两幢连体楼内。院落的布局和设施凸显陈旧，尤其是在这潮湿的季节，散发出格外冷漠和衰落的气息。

我赶到父亲身边时，他已经住院治疗了九天。为了迎接我的归来，他剃掉了拉碴的胡子，凌乱的头发梳得略有分寸。见面之后的问候小心翼翼，我从父亲的神情中读到一些隐藏的快乐。后来母亲告诉我，父亲不让人告诉我住院的事，却又不时念叨我在北京的学习生活，甚至对我归途中因事耽搁的一天而耿耿于怀。我接过母亲手中的活，帮父亲按摩右手。过去这只在我的身体和内心留下温暖的手，仿佛悄然变成身体舞台上的装饰道具。

没有恢复知觉的手，指头蜷曲着，皮肤触摸到的是冷沁、粗糙、硬化。被时间和病痛侵蚀的改变令人大骇，动人心魄。而另一只手的手背，起皱的皮肤和暴起的血管上，星罗棋布地驻扎着紫色的针眼，无可避免地激起我心中一阵疼痛。

父亲说，治疗有效果，右脚能够下地行走，右手开始有了细微的知觉。我也通过电话咨询过外地几位医生朋友，像上年纪的人得这种病，没有一劳永逸的治疗方案，发现后及时治疗是关键，恢复期疗养更重要。我劝慰父亲保持平稳情绪，在以后的日子要学会保养身体。其实我是在缓解自己的紧张，我不敢想象一个终日躺在病床上的父亲，会给家庭生活前进的道路带来怎样的"转身"。

天气随着父亲身体的起色有了好转的迹象。我回家第二天下午，太阳从云层勉强挤开一条裂缝，它的露脸虽然短暂却让潮湿为之震颤。陪父亲绕着医院的池塘散步。池塘的水面上漂着一大片墨绿的莲叶，角落抛弃着几只沉在水面下的苹果核、啤酒易拉罐。死水微澜，父亲和我不约而同地说出这个词语，来自我们共同阅读的记忆。他问了我学习工作上的一些事情，然后在天色暗淡的瞬间，说到了死亡。父亲说，他并不怕死，只是弟弟尚未成家，他的任务还没完成。父亲又说到兄弟情谊，以及儿子对母亲该有的孝顺……我有些沉重地听着，更多是在内心排斥父子之间探讨生死的话题。我觉得骨子里传统的他想得太复杂了，我理想地期待死亡是将来的事情，在将来还未降临的时候，这种谈论就是虚妄之言，毫无意义。我的这种自我欺骗不断加剧。当我的耐心不能够承受时，就粗暴地打断了他。我说，你的这小毛病，很快就养好了。我的声音比心中的音量要低，甚至努力散射出阳光。我还清醒地意识到面对一个病人，不让他负担另外的心事也是一种辅助治疗。

医院是个不适合人久待的地方，况且对于一个抗拒医院的人。那些躺在病房插着针管的人，那些前来治病候在走廊说话的人，那些看病人的人，不知身份底细的人，都从你视野之外跑进来。他们进进出出，脚步声踢踢踏踏，说话声或轻或重，还有急救患者家属的疾呼长叫，给人心头蒙上一层阴郁，或是一拳重击。而从父亲卧床的角度望过去，医生的脚步总是那么急促，病人的神色总是那么茫然和慌张，而探视者皱着眉头一言不发。

父亲加剧的忧郁既源自医院的嘈杂环境，也附带疾病衍生的胡思乱想，我是这样理解的。父亲的病房是三人间，除了一个上午来吊水的中年妇女，其余时间他拥有宽裕的安静。但他毫不在乎这种宽裕。他迫切地盼望回到过去的自如行走，离开这 24 小时鼻孔里充溢着消毒水气味的空间。

父亲一边打点滴，一边给我历数医院的破落，医生的糟糕医术。邻床的中年妇女腹部隐痛治疗几天却丝毫无效，只能转到省城医院。左边隔壁一个来自农村的 80 岁的五保户女人，因为吞一只馄饨，卡住喉咙，浑身青紫，一命呜呼，她的几个非直系亲属却不急着料理后事，而闹着要村里答应掏出安葬钱，卡着热馄饨的冷尸体在病房孤寂地停放一天一夜后才被抬走。右边隔壁的老头抢救好几次了，亲属来了一拨又一拨，坐在过道集体叹息老人的一生，俭朴、厚道、艰苦、付出，而他每次都能奇迹般地死里逃生。还有一个深夜急诊的喝农药的男人，叫唤了大半夜，反复说着一句"我就是要死给他（她）看"……父亲转述它们时，语气悲悯中压抑着无限哀愁。父亲最后说，一辈子也不愿再来医院了，这破地方。

我在医院守护父亲三天。我所做的事情就是叫护士换吊瓶，搀扶父亲上厕所，下午四五点钟陪他到院子里散散步、说说话。凌乱的医院，沉闷的病房，陈腐混乱的气息，一个健康的人，待在这地方，也会对身体充满怀疑，挖掘出那些平时不瞅一眼的悲观。更多的时候，父亲和我各自打发时间，他盯着挂在墙壁上效果时好时坏的电视机，细嚼慢咽着发生在韩国的家事。我翻着一部名为"道德颂"的长篇小说。在体内跺脚的针刺之感，让我不得不纠缠于文字中，去探寻一个人对情感的剖析。我仿佛看见一个蒙面的医生拿着一把锋利的手术刀，剔出文字中病变的器官，将既对立又融通的男女情感肢解得鲜血淋漓、艳丽夺目。这时候，阅读让人产生意外的安静。

无所事事地进出之间，我也会忍不住去瞟一眼隔壁的老头。

心脏监测仪屏幕上波浪不断翻滚着，发出"滴——滴——"的声音。他鼻孔和嘴巴上的氧气罩却发出更大的呼吸声响，有时候还能清晰地看到他的胸口起伏的幅度很大，像是一种抽搐。刚开始抢救的头几天，走廊的蓝色座椅上，他一群群的亲朋相对而坐，面容悲戚，男的吐着烟雾，女的唉声叹气。一天傍晚时分，一个走路摇摇摆摆的胖老太，哭哭啼啼地跑来，拽着一只沾着血迹和泥土的编织袋。她说，带了要换的鞋来了，人穿双暖脚的鞋，好上路。这老头垂危的生命，经历反复几天的抢救后还是走了，同等待他离开人世的热闹场面相比，却只有殡葬场的两个工作人员，熟练而悄无声息地，带走他即将消失的肉体。

母亲说着隔壁的事，父亲闭着眼睛，在医院待着，面对生命的离开，那种疼痛感只会陡增。还有医院之外的死亡信息接踵而至。一个朋友在京城高校就读的儿子死于游泳课上，另一个朋友39 岁的女儿为了弥补婚姻的缺憾而去美容，麻醉药过敏死于医疗事故。因为熟悉，他们的非正常死亡，难以猜测漫漶在生者心中的恐惧和悲愁，只能任由它们带着那一刻无以复制的情绪疾速坠落。

福柯曾说，"贫穷"其实是一种病，穷人就是病人。到中医院治病的多为农村的中老年人，他们之所以选择到这里就诊，因为一般的病他们是舍不得出门的。而到了扛不住非得上医院的时候，他们会发现那些蹦出来的病痛不是靠吊一两瓶水就能治好的。在国家医疗体制反复改革的所谓失败与成功中，他们最终能进入到保障体系之中。他们虽然手持绿色的农村合作医疗本，故作放松，但心里反复计算口袋里的钱，面对治病所需，他们能省则省，把有限的钱花在几块、十几块一服的中药上。

疾病从来就是一种隐喻。我听一个乡下亲戚说他们把生病分"正病""邪病"，前者是得看医生的，而后者就要去求神拜佛。还有那宁可信其有而不信其无的巫医也将独具"地方性"和"时间性"的治疗手段发挥得淋漓尽致，它的灵验建立在某种神秘基础上，它的荣耀彰显在对部分疾病的战胜上。老百姓心中各有一套"神谱"，佛、菩萨、大神、小神、正神、邪神，在乡村的田间地头坚强地生长，暗自芬芳。从小孩出生，到老人离世，有许多经验之外的头脑和双手疗治着千奇百怪的疾病，把脉人的生老病死。

我常常在医院的大厅、走廊、病室遇到这些被神"遣送"回来的，身患"正病"，黝黑而长满褶皱、木讷而说话紧张的脸。

而在医院这个折射世人心态的角落，还潜藏着一些纷杂有趣的事件。有几次，我路经院门前的宣传栏，那里张贴着各式各样的宣传单，字迹模糊的感谢信，悬赏通缉告示，医院内部通知，租售房信息，快餐电话，私人诊所广告。覆盖、撕毁、残缺、受潮，纸的一次斑驳集会，无须加工的现代艺术品展示。

上午10点，这是医院就诊最热闹的时间段。我看到几个人围在一张新贴的小广告前，驻足不走，津津乐道。拙劣的内容火力猛烈——"重金求孕"，有足够的噱头激起人们的话语欲望和想象力。

> 彭某，31岁，美丽迷人，夫从商，意外事故致残，丧失生育能力。为继承富殷家业，特寻异地品正健康男士，圆我母亲梦，同时享受女人快乐。通话满意，即付定金，飞你处见面，不影响家庭，有孕重酬40万人民币。本广告已公证，负法律责任。联系电话131×××××××

"天底下有这样好事？""40万元啊，这么简单就挣到了？""不会是骗局吧？""有钱了不起，乱弹琴。"……

几个观者在嘀咕议论，男人沾沾自喜，女人愤愤不平。"受法律保护，你试一试，又不损失。"两个男子互相打趣。其中一个男子拿出一只外壳磨得发亮的旧手机，装腔作势地按下号码，片刻后，他笑嘻嘻地说："空号，空号……"

下午，母亲从外面走进病房，也讲述在另一处见到的同张内容的求孕广告。我呵然一笑，天底下的骗局因受骗者而层出不穷。还有一则本质雷同的骗人广告——"诚心求偶"，张贴在我生活的城市小区的楼道和电线杆上。我戏谑，生活中处处皆布有陷阱，因为欲望，我们有了欺骗，我们一只脚站在诚实的门内，另一只脚踏进谎言的禁区。

父亲听着母亲的叙述话题，叹气，这世道，人心不古……

春天的回潮草草结束演出，漫漶的四月流水般离开。父亲有模有样地下床行走，我取笑他，又回到了小孩子学走路的时光。父亲老了。我们即使在长大之后仍不承认"父亲老了"的幻想城堡轰然坍塌。一场疾病，让过去那个能够遮风避雨、处事雷厉风行的父亲，开始如履薄冰地面对生活。等待恢复的过程，父亲流露出的笑容和一掠而过的忧伤，那一刻，我读到生命流逝、疾病作恶、身体与健康悲欢离合的更多内容。

后来，我一直在思考，年轻的我们对于父辈，始终是飞上高天的风筝，虽然有根线，但它飞行的方向，更多地取决于风向。线只是一个符号，一个象征。我们的远离奔波，我们的理想追求，我们的貌似成功，与越来越少的近距离的关心、回报，于父辈而言，孰重孰轻，哪些更有意义？……众多不明朗的心绪从四面八方涌来，像水流汇聚，又从身体向外四溢。

那些"流水"，是可以触摸的记忆，是分手之际，我握着父亲那只依然张开的笨拙的右手，用力一握，感受到手指的弹性，粗糙的细腻，春天的温暖……

少年眼

之失明者：一切近，终远离

傍晚，我爬上东门堤的闸头看落日的时候，有失明者三五结队地走过。他们的关系可以组合命名成兄弟、夫妻、朋友、情人。那些故作轻松的谨慎步子，踩着散落一地的斑斑沙砾，脚底蹦出咯吱的响声。他们的"目光"被一根摩挲得发亮的细竹篙所牵引，敲打着回家的路，笃笃，嗒嗒，参差起伏，像曲乐单调的演奏练习，却掩饰不了内心的欢愉。

浑圆的红日垂钓着远处的河面，河道弯弯绕绕，在视线尽头浮出一小块镜面似的光。镜面坠地破裂，碎金般的光照晃着我的眼睛，有些锐利的疼。我不知道失明者的眼睛是否也能感受到光的热情，火一般的跳跃。有时，我想象自己是个失明者，闭紧眼睑，摇摆脑袋，那些河岸边的房屋、树林、裸泳的少年，依然在我的眼幕留下一个个清晰的影像。我的目光悄悄尾随这些失明者，他们中的某一个，偶尔会转过来，翕动鼻翼，龇牙咧嘴，发出奇怪的笑声。是发现我这个拙劣的模仿者了吗？我捡起一颗石块，掷向河面，一道抛物线滑落，消失在余晖的光芒里。

我不知道他们如何度过这漫漫长生。突如其来的感慨，因何而来，却那么真实地出自一个少年模糊而忧郁的内心。

　　自我们全家从小镇搬离后，我的故乡就变成了这座小县城。河流穿过，把县城从中间劈成两半。石头垒筑的拱桥横跨东西，架通来往，桥下四季流水，桥上经常驻留着许多闲得发慌的大人和孩子在看风景，还有那些以算命为业的失明者。这些失明者肩上搭着个蓝色的褡裢，一把小板凳，"蜗"在桥的人行石阶上，天晴下雨，撑开一把黑伞，绑在桥梁柱上。人们在桥上相遇，点头，交谈，脚底踏起的尘灰，扑满失明者一身靛蓝的中山装。一天里总有几个游手好闲的人，蹲守在失明者们身边，听他们给那些"送上门"的女人细掰前世今生，爱情婚姻，财富子嗣。这是那个年代在小县城生活过的每一个人都不会忘却的一道风景。

　　某一天，失明者们搬进了政府搭建的安置房，一溜小砖房，单门独户，坐落在东门堤上。打卦算命测名者，数着房墙上的数字，捡中自己要找的房号，低着头栽进去，坐在戴着墨镜的失明者对面，几块钱可以聊上大半天。失明者一旦开腔，时光开始收费。而更多的时光，他们就那么孤独地坐着，腰背挺直，怔怔地望着水泥墙壁。我从那些小房子前走过，突然会想起在某个外国电影中看到的教堂，孤独的失明者扮演忏悔者和牧师的双重身份。这些失明者的人生起点相去甚远，命运故事却差异甚少。看不见的世界，约束着他们生活圈的半径，看似很长。

　　有关曹瞎子的故事从很多人嘴里转述到我耳里。这个外貌平平的失明者，引人注目的唯一之处是他尖细的下巴上长着一粒肉瘊子，瘊子上又冒出三两根细长曲卷的细须毛。他被传说的理由是，某一天他的三寸不烂之舌不动声色地鼓动一个有几分风韵姿色的女人离开了她的丈夫，继而委身于他。大人们口水四溅，道听途说的个中细节充满情色猜想。人人想探知真实的隐情，也许真相早被抛弃，每一个转述者都在游历一座虚构之城。此等艳事也招惹了诸多同行的羡慕嫉妒恨，既模糊又清晰的美丽，失明者们习惯了得不到，却痛恨突然拥有的失明者同类。曹瞎子何德何能，必是使了不少坑蒙拐骗的伎俩。不久，女人的丈夫找上东门堤，这个踩人力车的男人气急败坏地揪住曹瞎子的衣领，嚷叫声引来里外三圈幸灾乐祸的围观。曹瞎子喘匀几口气，扒开车夫粗糙的手掌，捋平被揪皱褶的衣领。车夫彻底被一个失明者的傲慢激怒了，挥动长臂猛扑过来时，曹瞎子的细竹篙抵达了车夫的喉结处，车夫点穴般怔立不动。据说在场的目击者谁也没看清曹瞎子是如何出手的，车夫硕大的喉结上下滚动，唾液咽吞，青筋暴突，神色却瞬间黯然。后来有人猜测曹瞎子是伪装的武林高手，某某门派的隐秘传人，也不乏辗转打听登门拜师求艺之人，皆遭遇曹瞎子的冷淡回避。

那些无所事事的时光段落，我跟在几个从未想过知晓其尊姓大名的失明者身后。一个羞怯的少年，不确定是否能找到那个传闻中的曹瞎子，与高人的相遇是缘分，这是我从小听爱看武侠传奇的父亲讲述中出现最多的关键词。某个英俊少年家道中落受人欺凌或是被仇人追杀流落江湖，命运几经曲折跌宕之后终有缘遇到一个拯救他的人。缘分是需要等待的。我想其实我是认识那个曹姓失明者的，他就在这一群失明者里面，他们蹒跚的背影，需要我去一一辨认找出这位暗藏的高手。我想象过多种遇面的场景，但没有一个是我所坚定的。后来我怪罪自己的这份犹豫不决错过了相识的时机。我怀着深深的怯意，紧紧走在"曹瞎子"的脚步之后，而我们的距离却越来越远。

我曾试图探究他们失明的原因。遗传、患病、伤害，林林总总的天灾人祸，从父亲嘴里出来的那些说法，让一个少年无法填满写满疑问的沟壑。我睁开眼睛，看着呈现眼前的变幻世界，而失明者只能枯守一片漆黑。我常常追随至算命失明者多数聚居的南堤巷，有半爿街巷，每幢瓦屋里都居住着至少一个失明者。他或她早出晚归，有笑有泪，有吵闹有沉默。春秋季节的晴好日子，他们喜欢搬把木椅慢腾腾地坐到太阳底下互相丢话，有位年老矮小的失明者打开收音机贴耳听一个说书人的拍案惊奇，边听边嘴里咂咂嚼着虚无的空气。有个中年女失明者，她把毛线球放在双膝间竹条发光的箩筐里，双手交织着渐渐拉长的衣袖。我突然发现这个小县城里居然有这么多的失明者，正好端端地活着。他们貌似正常人的生活状态，我曾经询问过父亲，父亲的回答是，"活着就是人生！"我没有机会目睹这些失明者的伤痛情状，我知道他们不会永远是快乐的。这些晦涩的不明，在一场眼疾向少年时的我奔袭而来时，我被巨大的恐慌撞倒在地，仿佛真切触摸到失明者隐埋的伤痛。

在一次逗闹的游戏中我的左眼不慎被小伙伴用圆棍击伤，不轻不重，但第二天眼球开始充血，上下眼皮帕金森症般频繁眨动，视力在凝望一件物体时会跑光，丧失对焦点的捕捉。医生用蛮力翻开眼睑倒入生理盐水帮我清洗，挤入眼膏，一块方形纱布封住我的眼睛。我用另一只眼打量世界，头大幅度地摆动，母亲的训斥如风过耳，我享受着与平日不同的新奇。但这种新奇很快消失，取代的是惊马奔逃般的慌乱。夜幕降临时，我感到了眼力的不逮，磕磕碰碰地寻找，让我警觉到母亲的提醒。羞耻的白纱布在我脸上"生活"了一个星期，我睁大眼睛透过纱布感受亮光，时刻敏锐地感受眼睛的存在。我再也不像平时那样欢快，坐在东门堤的闸座上，我想象我真正失明的模样，热泪涌动，少年的心哭泣得那么无声却蛮横。

受伤的眼睛带来的视力下滑伴随我至今。我习惯了在那些球面、非球面玻璃树脂镜片的辅助下瞻望这个世界。在那次眼伤休复的很长一段时间里，我提醒自己远离东门堤上的失明者们，仿佛他们墨镜后面的空洞会随时席卷我。但这些恐惧又很快"好了伤疤忘了痛"，从少年身体里跑离，重蹈过往生活。某日我照旧在东门堤的夕阳笼罩之下，跟在两个失明者身后，悠闲地窃听他们的对话。细小的灰尘在他们的脚下缠绕，所谈到的死亡话题让我惊骇得接连几天默然无语。

失明者甲很熟悉地拍着乙的肩膀说："昨晚我死了。"乙皮笑肉不笑地说："又被弄死啦？"甲呸了一声，然后长叹一口气，表情神肃地开始叙说："我死了，我参加了自己的葬礼，三天三夜的吹拉弹唱，那么多我认识不认识的亲朋好友左邻右舍都赶来了。我跟每一个人打招呼，我能看见他们脸上的每一道藏在欢笑和悲伤里的细小皱纹。他们天南海北，谈笑风生，嚼着瓜子壳，说着那些我以为荒诞不经的往事，一点也不惊讶我又能看见了，就好像我从来没有瞎过。可我突然听不到声音了，每个人夸张的嘴形像哑巴剧。最后结束散去，他们与我道别，我却跨不出屋子窄窄的门槛。外面照射进来的光线越来越强烈，我眼睛里的光线一点点涣散消失重沦黑暗。"

乙扭过头来端详着身边这位朋友的脸，他这个动作在我记忆中是那么清晰，他看见了什么吗？甲的神情却被我记成一片空白，但我能感受到一个人宣读自己死亡决定时的伤感情绪，跟他低哀的语调索绕在我人生的成长段落中，我在无数次睡眠中怎么也取不下来。是不是长久锁闭在黑暗之中，他们反而更加惧怕某一天睁开眼睛看见光明，不确定的世界于失明者而言才是正常的。

离开县城，我越走越远，那些陪伴过我成长的算命失明者依然待在回忆的角落。那个角落像落幕的舞台，等灯光一束束暗淡至熄灭，却散发出炙手的热量。我想象失明的过程是伴随着黄昏和熄灭的灯一起到来的。仿佛那轮落日，西天红光如萎灭的火焰，灰黑云层千军万马般奔腾而来。视觉世界离开光明者的眼睛，离得越近的东西反而跑得越远。而在我成长中的阅读里，某一天我惊诧地发现，在那个被称为天堂般的图书馆里，博尔赫斯和两位前任馆长格鲁萨克、何塞·马莫尔，居然都是失明者，但他们经营的图书馆已成为文学史上的象征符号。博尔赫斯丢失了那可爱的形象世界，就启步另一种创造。他的诗歌和小说，就像进入一个黑暗陌生之地摸索的人，环绕迂回，碰撞敲打，像深夜刮起飓风暴浪的大海，万千勇气落寞生长。浮现一句重复多次的话，上帝关上一扇门，就会打开一扇窗。

门和窗都连接通往世界的道路。

在失明者的心中，隐藏着另外一个想象的世界。我还看到了荷马，那部举世史诗的创造者，讲述流传那些伟大的历程，却只是一个盲人诗人。诗是基于听觉成立的，它需要大声吟诵。还有"在这个黑暗而辽阔的世界"里的弥尔顿，孤立无援地在文学丛林里前行，写出《失乐园》和《复乐园》。还有詹姆斯·乔伊斯，疯狂地学习各国语言并自创艰涩难懂的语言，这个意识流的先驱，浩大著作的一部分就是在黑暗中完成。我听说他是个失明者后，终于为阅读《尤利西斯》《芬尼根的守灵夜》中的不顺畅找到一个合适的借口。

他们失明的原因错综复杂，而我们这群拥有光明者站在岸边，唏嘘命运之手的决绝，庆祝自己的幸运。一年前的一次体检中，眼科大夫提醒我的过度用眼，一长串理论推演和术语堆积，把我严重地震慑了。视网膜脱离、视网膜病变、玻璃体积血、玻璃体混浊、黄斑裂孔、黄斑前膜……像一个个黑点飞扑而来，砸在一个长期埋首于书堆和电脑者的心床之上。要光，就有了光。人类创世记的铿锵话语芳香流淌。要没光，也就没了光。眼科大夫的判词冰冷桎梏。

"一切近的东西都将远去。"某天母亲给我提到邻居家哥哥的时候，我想起偷偷从哥哥的黑皮手抄本上读到的这一模棱两可却感觉喜欢的句子。我后来从歌德的作品中找到出处，一句谶语。那次我随母亲去医院探望，邻居哥哥手术后正躺在病床上，眼部蒙着雪白的薄纱，他在校园的球场上与人冲撞，造成眼角膜脱落，正滑向失明的危险边境。手术后，他开始佩戴眼镜，沉默寡言，行为呆滞，不再参与任何一项体育运动。一些年后，我再次听说他的不幸，他在一场车祸中最终告别光明，沦陷黑暗。这个可悲的第三者叙述，让我心头地动山摇，即使失明者能获得世界上最庞大的善意，但他们只能抱着明亮的白天哭泣。

之失忆者：海马体在风中溶解

好些年前，我回到小县城，要在桥东的汽车站下车，那里很多家小餐馆小旅馆，餐馆的洗涮水就倒在路上。几位看模样是乡下进城的中年女子朝大巴车里抖落的男乘客走过来，左顾右盼，窸声问询，又苍蝇般尾随，想拖几个人去旅馆休息。我看到空中浮着一层薄薄的灰尘，是淡蓝色的，覆盖县城上方。我也左顾右盼，穿过她们吵闹的身体，一只粉红色的塑料袋鼓得圆圆的，被风托举到半空。风是从护城河的方向吹来的，我轻轻闭上眼睛，能看到她微笑的模样。

她是个失忆者，没有了记忆水草般的缠绕。这个女人的模样，稍加打扮，有一种矜持的精致，脸蛋、腰身、步子，都是讨男人喜欢的那种。或者更年轻一些，有众多的追求者绝不是虚构。我是随母亲去工商巷看望叔外公时第一次见到她的。在几天前的一场意外火灾中，叔外公为了抢救一床棉被，把自己烧伤了。叔外公的家事出现在我耳边时，总是围绕着儿女的不孝，生活的拮据。瘦小的老人气恼之下搬出了儿子家，回到工商巷的老房子。老房子墙身腐旧，风从四面八方可以鼓吹进来，在那个冬天的夜晚把火盆的火苗吹向了叔外公床上的棉被和蚊帐。行动缓慢的老人从睡梦中醒来，还不肯放弃对少得可怜的财产的拯救，等火苗蹿到旧帐顶，又引燃屋顶的木板、墙上糊得厚厚的报纸。刚刚过去的干燥之秋，把这些物什都"养"得肥富流油，火星一引，就都兴高采烈地欢跃起来。

是女人哐当踹开叔外公家的门，把他活生生拖出火海的。母亲充满感激地哀叹一声，她是个失忆者。父亲漫不经心地说，她是大脑中的海马体受了创伤。丢失了记忆的人，这在少年的我的心中，像是一颗深水炸弹突然在心头爆裂。

叔外公家的墙上扑着几只一动不动的"蝴蝶"，翅翼之上写满铅字，很怪诞的场景。他半张脸涂满奶油般的烫伤药膏，油腻腻地躺在床上，薄如蝉翼的肌肤，拱起丘壑般的褶皱，散发阵阵来历不明的恶气，在房子的灰烬气味中飘荡。拐进巷口时，母亲微笑着跟女人打招呼。女人面无表情地坐着，梳理着被火苗舔舐过的发梢，看着眼前走动的陌生人。左邻右舍们都在赞叹女人的勇敢之举，大半夜里都呼呼沉入梦乡，幸亏有失忆的女人醒着，及时救人性命。大家夸赞的语调里总有种哀伤，静水深流，倾覆一个少年起伏的内心。

隔一两天我就缠着母亲去看望叔外公，更多的是想看到失忆的女人。我们要经过女人家的小院子，花草茂盛，女人坐在石凳上发呆，或者是站在那一溜墙根的菊花前手持一葫芦瓜瓢发呆，瓢里的水滴滴垂落，溅湿她那双自己编织的布拖鞋。我透过院墙砖窗的缝隙看到她，她连头也不发生轻微的转动。发呆是女人的常态，记忆太累，她是一次次决绝地斩断过往，清空。她的大脑里存储的时间是随时清零的。

我喜欢看到她的模样，有一种安抚的力量，让少年的内心充满了欢愉。如果不是她的失忆，她也会记住我。这就是我当时的想法。我并不愿打探她因何失忆，她的隐秘往事，她捉襟见肘的人生。但我的记忆不是空白，餐桌上母亲跟父亲描述她所知道的女人，到叔外公家时总有好心的邻居说话说着说着就绕到了女人身上。某天来探望叔外公的人群中有一位身材宽阔的老太太，她闻讯而来，目睹年轻时爱慕过的人风烛残年，旋即涕泪涟涟。狭小的屋子里声音嘈杂，大家又说到感激女人的话题上，我听清了老太太的一句话，她们是同乡，女人在乡下名声糟糕透了。

似乎大人们并不顾忌一个在场的少年，怂恿着老太太捡拾女人丢失的记忆。躺在床上的叔外公脸上的伤疤，因为焦躁而有些变形。不解其意的老太太此时因为掌握一个人的记忆而内心无比虚荣。她从赞美女人还是年轻漂亮的女孩时开始了叙述。

一个县城来的小伙子喜欢上了年轻漂亮的女孩。小伙子应该是来乡下度假的，带着一个小皮箱，装的都是书，借书的缘故，女孩和他走得很近。有一天晚上女孩父母走亲戚未归，小伙子就走进了女孩的房间，那时农村的卧房都摆有两张床，他们各自睡在一张床上，夜话至黎明。据说，都是小伙子说到的往事和读到的那些书中的爱恨情仇聚离悲欢。但第二天清早几个同龄的嫉妒者把他们堵在了屋里，村里一下就炸锅了。在 20 世纪 80 年代封闭的农村，女孩的名声被一个充满想象的夜晚玷污了。这块斑斑污迹如影相随，女孩后来考上县里的师范学校，毕业分配时，时刻有人不怀好意地提到那块斑污，她理所当然地分到了最偏远的一所乡村小学。路途遥远，跋山涉水，她的沉默寡言也成为那块斑污的证词。没有人向她靠近，即使她家搬到了另一个镇上，依旧没有人与她恋爱。"小伙子人呢？这个罪魁，难道从此就躲开了吗？"大人们几次焦急地插嘴询问，仿佛也在等待他的出场，拯救一个弱女子即将倾倒的人生。

老太太叙述小伙子的语调时，却转变成遗憾和伤感，好像一条湍急的河流转瞬汇入一汪平静的湖泊。是的，小伙子每年都会去看望女孩，坚持了 10 多年吧。他自己考上大学，分配到市里的学校，书教得好，还是有名的诗人，他每年的假期都会来。女孩的新家，女孩工作的学校，小伙子每次来待两三天就走了。有人见到他们在河堤上散步，小伙子高声朗诵神采飞扬，女孩望着远方笑意盈盈。他们似乎从来没有过谈婚论嫁，也许是现实的距离在他们之间制造着一道不可逾越的堑沟，但人们都在背后明确了女孩和小伙子的男女关系。"那他们最终有没有在一起呢？"人群中有人如此发问，却立刻遭到另一个声音的嘲笑，"明摆着的结果，没在一起呀。"

两个人之间的美好关系，是如何被洪水冲破堤岸而不可收拾的呢。老太太的语调突然颤抖起来，仿佛要讲述的结局与她的罪过有关。她说，有一年夏天涨水，小伙子被困在了去往学校的对岸，水势滔滔，混浊污秽，没有船工敢冒险渡河。小伙子在河边坐了大半天，河对岸除了几头牛马寻草的影子晃动，始终是一幅空荡荡的背景。他到附近的一家南杂铺里想买一双印花的袜子，接待他的是店老板的女儿，恰好也是放假刚从市里回来。年轻的诗人跟那个可怜的女孩就此别过，很快与新的一见钟情者成婚。

人群里迸发出几声哀叹。太戏剧性了，太多的剧情都没展开就结束了。多年的情感抵不过一次偶遇。而我至今不明白，老太太为什么偏偏要选择小伙子是去买双袜子，甚至我怀疑自己的记忆也有了偏移。

本以为故事到此就画上了句号，每一段情感都会有一个美或不美、幸或不幸的归宿。那个女孩也终归要找到不顾忌她糟糕名声的男人，也确实有个游手好闲的小商贩娶了她。小商贩走家串户，活跃在小镇和乡间，他为自己找到一个有正式工作的女教师而无限自豪。后来他暗中使出投机取巧赚来的钱，把女人从乡村学校调到镇上、县城。皆大欢喜的一件事，各人走上各人的人生轨道。旧时的相识都羡慕起这个名声糟糕的女人来。老太太说，他们进了城的事就不清楚了。

叙述到此暂停，我以为母亲要领我走了，那个周日的下午我们已经待了比平时多出许多的时间。烧伤药的气味混杂在陈旧腐朽的房子里，奇怪的气息不时会冒出一股冷风，令人晕眩。"谁说说进城后的事呀，她怎么会失忆呢？"有好奇者提出来。大人们互相张望着对方，最后把目光落在其中一个长得矮胖的妇人身上，她是最早搬到这条街巷的人。

矮胖妇人犹犹豫豫，喉咙里像卡着痰，把想说的话堵在了里面。"不是特别清楚哦……我说了你们不许外传呀。"她真的喀出一口痰，扭头吐到了墙角根处，我看见有一只矮小的老鼠迅速凑上去，抚弄了一小会儿又哧溜跑远了。矮胖妇人说，女人和她的商贩丈夫过了几年顺风顺水的生活，买了现在居住的这个小院子，唯一的遗憾是没有孩子，怀得好端端的，稍不留心就流产了。女人最大的问题是不能没有孩子，否则这个家就不稳定。邻里朋友都帮着夫妻俩寻访各种破解流产的药物和偏方，过去他们家的大门前岔路口常有药渣，大家踩来踩去也不见得有好消息。但你别说，章老板（小商贩）重情，做生意是刁钻抠门，对家里的女人还是蛮好的。有一天突然听说他吐血住院了，十来天后回来，只跟巷东口常一块下棋的老孙说话，原来他是气病的。女人爱恋过的诗人有天被一群文化人拥着来了，他和女人都被找去吃了饭，他被灌醉了送回来，女人是第二天一早回的。

"哎呀呀，问题一定出在这诗人身上，还找来干嘛呀。"老太太嗟叹一声。后来听说女人好几个晚上半夜起来，捧着一个录音机听磁带里的声音，那磁带是在一家小酒馆里录制的，有人猜拳有人咳嗽还有几声响亮的屁，说话的是诗人，是过去小伙子在读自己写的一首首情诗。"都是写给女人的吧?"人群里一片唏嘘。矮胖妇人说，这女人就是中了邪，最绝的是她在半夜听得涕泪涟涟，然后跟章老板说，她发现原来心里还一直深深爱着会写诗的诗人。

记忆有时是会欺骗人的。那个晚上的叙述，存在许多晦冥不清晰的部分，女人的爱情和经历似乎是经不住推敲的。像一条曲弯的山路，阳光照不到的地方树荫遮蔽、凉气袭人。我又想到曾经在现实生活中，明明记得的此地此物却在彼处寻得，又是记忆在背叛。当我们在多年之后去回忆强加到女人身上的糟糕时，是那些讲述者的记忆，还是我自己的记忆，搅乱混杂，肤浅漂浮，不足以描述最复杂最美妙的情感，不由得黯然神伤，那是一个多么糟糕又多么值得怀念的年代。

"这是哪里，我是谁，我曾经是什么样？"那个不动声色地站在院子里的女人，看着那些陌生的面孔走来走去，是绝不会记住自己糟糕的名声了。在一场车祸中，她的头磕在了保险杠上，医学专业术语如此称谓，海马体受损。这类遗忘症患者无法想象未来，其脑海里如山峦瀚海般拥挤的记忆也被橡皮擦了个干干净净。失忆者常常不知道自己是谁，或者感觉有很多的"我"。两年前，在朋友家看到他的孩子，正埋头观看一部十几集的叫《失忆症》的视频动画，是从同名游戏改编的——在陌生的咖啡厅醒来的女主角，发现自己丧失了过去的所有记忆。很多人跟她说话表达对她的关心，但她一个也不认识。为了找回失去的记忆，她的人生新故事由此展开。

意识、记忆、身份、妄想、幻觉……对环境的一切正常整合功能皆遭遇到破坏，失忆者生活中遇到的困扰无法言喻。很奇异的是，多年后，我提到女人的后来时，父亲母亲、县城里生活过的人，都患上集体遗忘症。但女人又是在我们身边真实存在过的。女人不过是提前把记忆支付给了时间和他者，也是把她那份说不清道不明的情感储存到了更广阔的空间，我们提取其中的片段，我们都是她个体记忆存在的证明人。而她的人生新故事，在未来的记忆里又会是怎样的面貌。我在回想一个少年曾经掌握的记忆时，本身就是在时空的海洋里开始一次记忆板块的漂移游戏，撞击、分离、嵌合、破碎，波浪起伏，循环往复，无始无终……

声音指南

妻的肚子里跑着两列小火车。

呱，嚓。呱嚓。呱嚓呱嚓。迎面而来又擦肩而过。

节奏明快，磁性十足，振翅欲飞。这在很长的一段时间内成为我梦中的声音印记，勾起孩提时代住在父亲单位拥挤的筒子楼的记忆。一扇生锈的旧门被风吹得铰链哗啦哗啦，而母亲几次搬家都不肯丢弃的飞人牌缝纫机转动时咔嗒咔嗒不停歇。声犹在耳，抹不掉痕迹。

妻子刚进入孕 16 周，医生来电话，说要定期陪妻子去妇幼医院监听胎音。躺在妇产科检查室不甚洁白的床上，妻子掀开衣服，露出凸起并不厉害的肚子。两个护士分立床旁，其中年轻的是个实习护士，她把那台小蓄电箱式的多普勒听诊仪的探测筒涂上润滑液，缓慢地在妻子的肚脐四周滑动。

皮肤摩擦之声纤细地滑动，妻子很紧张，几次抬头，不顾遭到护士的斥责。守候一旁的我屏住呼吸，房间里消毒水的气味仍然浓烈。到处陈列着冰冷的医疗器械，别的护士往来碰撞它们会发出响亮刺耳的惊心声响。这声音掀起一阵巨浪，一下就能吞噬整个房间里的呼吸者。实习护士一只手上下左右反复挪动着探测筒，另一只手提着的机器的蜂窝里却一直没有声音传出。她是拿

着一台坏了的"收音机"调频吗？偶尔"收音机"会发出嚯咻嚯
咻的杂音，那是肠鸣音，又突然接收到妻子"嗵嗵，嗵"的紧张
心跳。她皱着眉头望一眼垂手观望的护士长，求助的眼神立即被
一道凌厉的目光拦腰斩断。终于，护士长按捺不住，几乎是狠狠
地一把夺过机器。我想打个圆场的话还没说出口，护士长便麻利
地从深褐色的脐下线向四周搜索，边移动边说话，"乖，乖孩子，
别乱跑！"她在与我的孩子对话，我看到她眼神瞬间变得温柔。

一列小火车向她驶来。

又一列小火车钻出深邃的山洞，车轮在铁轨上摩擦发出悦耳
的行进声。

呱，嚓。呱嚓。呱嚓呱嚓。迎面而来又擦肩而过。

听诊仪的屏幕上随着声音出现跳动的数字，婴儿的正常胎心
音一般在每分钟 120～160 次。看着数字慢慢定格在正常范围值内
然后消失，呱嚓声消失，妻子脸上笑得很有神采。一个大龄产
妇，自怀孕以来的不宁心神需要这个声音的安抚。第一次超声诊
断，医生宣布宫腔内可见两胎儿声像，胎头位于上、下腹部，颅
骨光环完整，脑中线居中，脊柱排列连续，四肢部分切面可见，
实质回声分布均匀……旁人都朝傻眼的我祝贺，一次赚俩，值
啦，可我喜忧参半的原因是妻子的身体承受力。不止一个医生警
告我们，妻子的身体不好，瘦弱（恋爱中就是我心仪的苗条），
怀孕之初体重不到八十斤，要背负两个孩子的营养供给。"你行
吗？"我的担忧也得到过医生的呼应，几个不同的医生遇到妻子
问诊时的语气像是质疑。

妻子唯医是从，每次都把医生的警告放大：超过 160 次、低
于 120 次都很危险，那是胎儿缺氧的警戒线。我有一次无知地问
医生，越过警戒线会怎样呢？医生白了我一眼，胎儿的生命很脆
弱，你懂吗，她怀的是双胎，过快、过慢或不规律都表示胎儿有
宫内缺氧、窒息的可能。

　　只是可能，但一切皆有可能。没人希望发生这种可能。于是妻子的孕期内，听胎心音成了我们家的头等大事。我陪妻子去过几家医院听胎心音，妻子的双胎打破了在脐下正中线附近就可以听到心音的常规，有经验的医生护士，很快就能捕捉到我那两个调皮的孩子的心跳。可跟着胎儿的生长及胎位不同，胎心位置也会变化。以至后来我见到那些茫然找不到声音的护士，会班门弄斧地告诉她，到腹部的哪一片区域，跟我的孩子相遇。

　　妻子怀孕前好几年的时间神经衰弱，失眠厉害，寻访过好些中医、吃过很多西药都无济于事。鱼、猪肝、核桃、花生、苹果、蘑菇、豌豆、牛奶，这些果蔬肉奶一度在食谱上反复出现，还有琥珀安神丸、复方酸枣仁片、脑灵素、枕中丹、柏子仁、刺五加，这些好听的名字都是医生开具的安神药物。但她依然大半个夜晚睡不安生，翻来覆去，皱着眉头，烦闷焦躁。她对声音特别敏感，像莎士比亚在《麦克白》第二幕中所说："究竟是怎么一回事，一点点声音都会吓得我心惊肉跳。"声音稍纵即逝，是我们最易察觉又最快遗失的东西。而没有声音的生活，我不知哪里寻找。

　　夜幕下藏匿着许多声音：风中摇荡的簌簌枝叶，猫踩着厚厚的肉蹼跃上窗台，蝙蝠扇动翅翼，蚊子嗡嗡飞过，邻居家的纷争爱恋，甚至墙壁里偶尔发生的炸裂，它们不经意地钻进妻子的耳道，把耳膜之门捶打得哐啷作响。声音是从远方而来吗？那些呼啸、喧哗、吵闹、撞击，锐利、笨重、刺耳、晕眩，混杂成一股洪流旋涡。声音挤满大脑，耳朵无法抵挡那些不愿聆听的声音破门而入。妻子说她就常常浮在洪流之上，旋涡之中。

　　我这个同床共枕的嗜睡者屡次遭到批判，却照旧挨床就能呼呼大睡。狡猾的我表达对失眠者的嫉妒，且恨得咬牙，不睡觉可以平白无故地多出多少时间，这些时间用来钻研科学技术国家还不科技腾飞啊。妻子很气愤我这样站着说话不腰疼，用尖细的手指掐疼我。

夜里，妻子假寐（我总怀疑她脑子里住着另一个人），我偷窥，面向我的实在是一只普通构造的耳朵，毫无别致独特可言。我屏息凝听那些会纠缠不休的声音，妻子向我倾诉过的那些声音，我听不到它们的存在。只有隐约地听到邻居家的电视狂人守着抗日神剧，楼下马路上驶过的施工搅拌车的轰鸣，夜归的出租车的计费打表声，更多声音对我都只是远方的一道闪电，一闪即逝，这些"闪电"却照花了妻子的脑幕，让她迷失方向，遗落回家的指南。

我推荐妻子尝试用音乐来驱赶声音中的叛乱分子。若无1877年录音设备的发明，恐怕这个有声世界早陷入空白的险境。我喜欢的戈达尔的电影中，就经常会有一种声音对他人的话语及别的声音进行遮盖和干扰。与视觉的空间有序性不同，声音存在着强烈的竞争和干扰，面对音乐这个声音的集体，你不可能将一个声音从听觉场中剔除。

妻子陪着腹中的"小火车"寂寞地驶向时间的远方。音乐她只愿挑选那种舒缓安静的类型，秋日私喁，神秘园，肖邦；单声道，音量微细，循环播放。她在夜晚关闭发声的电子设备，有时连音乐也难逃其列，仿佛音乐这种"会思考的声响"能吸引另外的声音伙伴，会堆积一片厚厚的云层。这个曾经的音乐热爱者，少女时代长裙飘飞，带着一群一年级孩子合唱那首《鲁冰花》，在那台轰动工厂的学校六一晚会上惊艳登台，婉转、圆润的歌声让多位倾慕者心潮翻覆。

最终赢取芳心，恐在于我是她的另一个极端。从不拒绝重金属音乐，宿舍的爱华录音机、MP3、电脑里的QQ音乐、手机上的酷狗、车载DVD，在我与时俱进的装备中，都是浑厚贲张、热烈奔放之流，它们像旷野上的龙卷风，把我包围、拍打、割裂、粉碎、丢进旋涡，可一旦关闭它们我又能回归宁静。我无法体会失眠者对声响的惧怕。在《音乐百科全书》和《音乐学院字典》中的加布里埃尔教授那里，我读到一个富有技巧的解释："声音，仅是运送到我们听觉神经的机械现象，催生了感觉，人们倾向于对催生感觉的这个客观现象进行描述，这便是人们所称的声音传播、反射。"我不知在妻子的"描述"里，曾经出现过哪些场面，战争、追杀、欢爱、陷落、恐怖、悬幻、冲上云霄、沉潜深渊……那些生成声音镜像的东西，将在哪个链节上滑落。

妻子也在缓慢改变，第一次上医院听胎心音后，她就千方百计寻找着与他们相遇的机会。咚，咚咚，轻柔地敲门；嗵，嗵嗵，有节奏地击鼓。妻子说我形容的小火车声是错误的，他们是稳健的脚步声，来访者礼貌的敲门声，孔武有力的击鼓声。有一次检查回来，她却嘀咕着，真的像是火车声。

人一生要听到多少声音，有的如风过耳，有的却要铭记一辈子。妻子逐渐迷恋火车跑动的声音。即将出世的孩子的胎心音，是那些日子她觉得最明媚动听、最安全可靠的声音。而稍有不适，她的第一反应就是去医院听胎心音。有一次深夜她把我从极度困顿中摇醒，我批评她神经过度紧张，她的眼泪就下来了。那晚偏偏是个没经验的护士值班，又是一台旧式胎心监护仪，加上等待的时间过长，妻子更加疑窦丛生，焦虑恐慌，眼泪又潸然而下。护士"跑"遍了妻子的肚子，一次又一次，始终没有遇见"小火车"。我多句嘴，"小火车"夜里也要休息啊。妻子鄙视我的浅薄，还说出小火车休息这样的不吉之语，冲我阴沉地吼了一句，滚蛋！当时已是入眠时分，医院里鸦雀无声，一声"滚蛋"把没提防的我吓一跳。幸好此时护士终"逮"住了小火车，声音虽轻，但清晰可辨，妻子的情绪这才转怒为喜。

对腹中胎儿的关注吸引了所有孕妇的注意力。被失眠纠缠的妻子喜欢半夜叫醒我，一惊一乍，分享她那一刻的重大发现，我就经常揉着无法立即睁开的眼睛，嗯咿呀啊地探知她的意图。一天夜里妻子再次用尖细的手指掐醒我，我迷迷糊糊地看着她抚摸腹部，神秘地说："他们在倾听我。"

我看到妻子高拱的肚子，下缘已经变成淤青般的颜色，肚脐眼因为肚皮撑拉到极限，像一张啊啊张大的滑稽的嘴。我闭眼冥想这样的图景：两个长相模糊的婴孩，在羊水时光的液体里拨弄出水花的声响，蜷曲的四肢慢慢展开，款款摆动似窈窕水母。

我孩子的耳朵被唤醒了。科学上有说法，子宫内的胎儿在四个半月之后，耳朵的功能就打开了。父母间的情话、争吵、交谈，以及还要长时间等待才能抵临的这个世界里的纷繁声音，能传递到他们细小的耳朵里吗？没有人能通过胎儿的描述来感知他们在母体内对声音的感受。他们"听见"的世界是由怎样的声音组合而成。实际上，胎儿能听见母体内壁压力变化而产生的噪声，还有心脏的跳动声。母亲和自己的声音，两个节奏不同，钟摆式的跳动，同步或交叉，这是怎样的二重奏音效。

从胎儿到婴儿，那种叫羊水的液体从他的耳朵里流尽，他永远告别聆听自己心脏的跳动声。事物一经说出便改变了存在的形式。任何人也不可能得到真实感觉的"羊水中的声音"，跟随一声啼哭一道消失。

妻子尽其所能地搜集着与婴孩有关的声音联系。这种充满灵犀感的"对话"，让母子之间能排除那些意想不到的烦恼和困阻。有一段时间妻子突发右肾泌尿系统结石梗阻并感染，右肾积水，低蛋白血症，引起发烧，体温几次超过 40 摄氏度。直接诱因是补钙过量，妻子一味想通过补充各种钙锌铁的手段，让胎儿的健康更有保障，却从没想到难以吸收的钙质在体内形成了多发性的小结石。从阵阵隐痛到大汗淋漓、高烧体虚，妻子遇到了生命的高坎。赶到市里条件最好却人满为患的医院，医生勉为其难地收治住院，妻子被安排在过道加床。这样的病患，医术再高超的医生也不敢随意用药，恐伤及胎儿。那时妻子刚进入孕 21 周，她和医生都害怕任何药物，好不容易怀上的孩子，到时若药物引起胎儿发育畸变，生出来个傻子残疾，她连想都不敢想。那些不幸的失败的案例过去在我们的耳朵里没少听到。我在妻子发病前刚好因采访工作去过一趟市福利院，唇腭裂、脑瘫、肢残，在塑料地板上摸爬，在保育员怀中流着涎水，大多数都与母亲怀孕前后错误用药有关。我不敢有半句渲染这样的场面，妻子拖着笨重的身体费力地攀爬着那道"坎"，我去拉扯一下裤腿都是莫大的罪过。

物理方法退烧，反复温热水擦抹脖颈、腋下、臂弯、腹股沟；大量喝水，顾不上羞耻钻进走道的屏风下代谢；实在挺不住就按照婴儿剂量标准服用 4 毫升布洛芬混悬液，忽冷忽热的汗液湿透全身，然后是脱水，又大量补水；一小时测一次体温，水银柱标示的刻度，每上升零点一都会增添重负，反之则短暂地舒缓闷在心头的一口热气。妻子如同负重伤的人奄奄一息地呼吸世界上最后的空气，眼睛里空洞得只剩下绝望。这一刻，我多么希望这只是一个梦境。我被那只真实的汗涔涔的手握着，充满恐惧，发软无力，嘴里重复着"坚持""坚强些，再忍忍"之类毫无意义的安慰话语。

度日如年的妻子，唯一能抚慰她的是从胎心仪里传出的声音。医生建议我们转泌尿科，被疼痛折磨得快脱掉人形的妻子坚定地说，泌尿科有多普勒听诊仪吗，没有的话我就要留在妇产科。医生苦笑着默认了这个特殊病患的执拗请求，请来泌尿科专家会诊，安排护士隔两三个小时来检查一次。无药可施，专家也是空谈，唯有靠妻子独自赴险。妻子盼星星盼月亮般地等待护士提着那台胎心仪进来，拉上隔帘，听着小火车奔驶的声音从肚腹中通过外放扩音器传出来。胎心音是她的"定心丸"。妻子抚摸着发烫的肚皮，在身体的火炉中炼狱，胎儿的安好让她刻骨牵挂，她嘴里念叨着至今也未告知我的含混之词。

　　一次次听着小火车驶过，妻子好歹度过了那半个多月跋山涉水的艰难日子。我的胆战心惊无以复加，守着那张憔悴不堪的瘦削脸庞时，内心的潮水多次把放弃的想法推到我面前。后来我感慨，女性作为母亲的伟大自怀孕第一天就生根萌芽，一种常人都难以忍受的结石之痛，对孕妇的心理和身体是双重打击。痊愈之后妻子却说还好呀，她淡然地一笑，只要护士每次让我听到小火车的声音，知道孩子还健康没受打扰，就又有了坚持的力量。这是否像一场激烈的阵地战，打得热血沸腾焦头烂额，妻子守住了胜利，仅仅靠着从胎腹中传来的声音。

　　妻子精神好的时候，会给我讲解胎心音的重要，那些都是从医生那里现学现卖的医学知识。好多次她提醒，到孕28周后，每天要去听一次，每次一分钟，这样可以更好地监测胎儿的健康状况。我们有时也会讨论那些小火车"呱嚓呱嚓"之外的声音，有一天，她兴奋地告诉我，哪位专家医生帮她听了胎心音，然后回答了她的疑惑。某些时候，那些奇怪刺耳的声音其实是子宫动脉及胎盘杂音，子宫动脉杂音是血流通过扩张的子宫动脉时所产生的，像吹风样的低低音响，胎盘杂音则是血流通过胎盘时所产生的，范围较前者大，二者的快慢与母体的脉搏一致。我望着津津乐道的妻子，一言不发，她会突然停住问我："我说错了吗？"

　　我许多次按照妻子的要求，俯首帖耳，耳根贴着她炙热的肚子，却从来没有听到过两列穿梭往返的小火车的鸣声。连妻子的心跳也是那么隐约，以至于我怀疑受过一次伤害的听力已经摧毁衰弱。我们难以穷尽我们所听到的一切。这个被我忽略的来自体内的声音不分昼夜、马不停蹄，妻子却日渐行动缓慢、习惯性大汗淋漓。"小火车"的喧哗，似乎可以让妻子漠视平日不能承受的声音，她的世界之窗只为"小火车"抵临而打开。

　　声音，这个语义最宽泛的词语，覆盖了许多熟知或陌生的状态。每个人都常被声音打扰和钻透。

生命伴随着心跳而诞生，必须等待那十个月的足够光阴。嘀嗒，嘀嗒，一分一秒，即使连呼吸都无法宁静下来。

跟着小火车呱嚓奔跑的妻子终于要等来执手相见的那一刻。她挺着肚子前往医院，最后一次倾听着胎心仪里"发出"的愉快欢叫。临产前夜我请假守在病房，准备第二天剖宫产。妇产科的灯渐次熄灭，偶尔有孕妇的呻吟和哀号传进耳朵。妻子在床上轻轻挪动着高耸的腹部，像一座山包高高隆起的肚子，我丰富的想象力也被洪水冲散，两个孩子在拥挤的空间里是如何的磕磕碰碰，会不会在第一次见面时就指责我痛述曾经受过的"礼遇"。我依旧在疲惫中迷迷糊糊地入睡，也不再管顾提前陷入身体疼痛的妻子。后来我被洪钟般的声响撞醒，伴随着一阵锋利的刺痛，现实中妻子的手正掐抠我的小臂，满脸生气，她努努嘴，示意我听外面的声音。炸雷似的声音从遥远的地方传过来，病房跟着间歇性地发颤。

这是哪里来的声音啊？我打开房门走出去，比之前更加丰满强壮的响声在妇产科楼道回荡。一个肥厚的中年男坐在楼道的休息椅上，仰头倚靠墙壁，一张困倦的脸，张开嘴打着那种民间称之厉害的"猪婆子鼾"。此时病房里已经走出好几个家属，有的观望，有的耳语，一个戴眼镜的小伙子跑过去，斗胆试探着，用脚踢醒这个不知做没做梦的男子。中年男"哎哟"一声，四顾伸到病房外的脑袋，忙不迭地道歉："抱歉抱歉，还是打扰大家了。"说完，他扑哧先笑起来，那些脑袋却冷冷地相继缩回微暗的光里。

我也缩回病房，妻子已安然入睡。所有的声音消匿，独剩下若有若无的呼吸，与这世界恋人般地缠绵着。我睡意全无，等待那个神圣时刻的到来与定格——第二天一早，两列小火车呼呼呜呜着，那场景如同阿波利奈尔所描述过的："电车线绿光覆盖，／由远及近，乐声轻传，／铁轨上，机车疯癫驰来！"

九岁的村庄

　　湘北的乡村，四四方方，一个毗邻着另一个。生长在田野中的老房子，普通、孤寂，墙身褪色发白，过冬的棉秆柴密密地码了半面墙。屋后被抽干水的小池塘，黑色的淤泥裸露在岸上，慵懒地晒着旷远的太阳和冷清的月亮。一场葬礼，喧闹中的悲伤，在簇拥的男女老少中突兀地站立，轻缓地四溢。一群各色的树，散居在那条我走过许多个来回的乡间小路两旁，左边的比右边的要多，多八棵，其中一棵刻着好听的名字。路口处有一家杂货店，老板娘正在里面清扫，柜台上多年不擦的亮瓶里，装满扑着灰尘的各种各样的吃物，我混迹于几个孩子中，目光痴痴地看着瓶身上的一块块光斑吞着涎水……

　　刚刚过去的那个春天，乡村的消息在耳际动荡，时间打磨的记忆瞬间飘浮到更远之处。九岁时的村庄，断片似的记忆，在四季追逐的田野上，相互缝合，也互相取暖。

　　走出村西口，那张油腻腻的肉案上，反射着清亮的光，我仿佛看到村里那些女人的身影，经年累月，长幼有序，从这里取走一家一户桌上的午餐。仿佛千山万水的长途跋涉，我的头有一阵海浪袭来般的晕眩。那晕眩把我抛在一丛扬起的尘嚣后面，像一只孤独的羊羔。这只羊羔，当年只有 9 岁。而磕磕碰碰的响乐和冷一阵热一阵的鞭炮声抓走了从门里面伸出来的目光。

身体矮小的我被一双手推了一把，脚步变得轻盈，倏忽之间就加入了这支流动在村庄里的队伍。队伍里有我熟悉的父母和很久没见到的外地赶回来的舅舅，他们的冷淡表情里都透露着一股悲伤。我张开的嘴巴里那么多好奇的问题像呛了一口水，一些咽下去，另一些喷出来。甚至有的人我都来不及称呼一声，就被相同的悲伤吞噬了。

村庄紧邻一条长堤，堤外是能行船的藕池河。涨水凶狠的夏天，防汛的钟响和喇叭声混杂起伏，村里的人像出席一场盛宴，离家，上堤，兴奋而又紧张。堤就成了村里人临时的家、临时的床。热闹的孩子们穿梭在表情严肃的大人中间，肆无忌惮地追赶，那些撕咬过我们同伴的河水，丝毫不令人恐惧。

兴师动众的队伍，目的地就是那条河。为逝者取水，取流动之水。在我已经疲乏的头脑中这场弯来绕去耗时甚长且大张旗鼓的仪式依然是固定的程序。一个乡村演绎了多年的方程式，只是跟着人的衰老离开变换着其中的数字符号。

我拼力地挤进人群，又被挤出来。几段时而喧嚣时而寥落的鞭炮声响起，河风将尘烟吹散如同撒开一张大网。队伍之外围来一些好热闹的人，叽叽喳喳地翘首观望。

水，主持取水仪式的道士鼻腔里发出连串的符咒，没人能听懂天书般的话，只看得见他虔诚地三拜九叩。几个披麻戴孝的人埋首地上，他们俯下的面容被白布遮掩，我看不清他们谁是谁。那一刻，我觉得自己像个傻子。

我呆呆地站在侧面零落的人群中，歪斜的太阳把我钉在原地，同时从我身体里劈出一个孱弱的影子。

不知过了多久，敲锣打鼓的队伍先引起一阵骚动，紧接着骚动波及哀伤的人群。等仪式完成。水，到底是洗涤一个亡者的身体，还是一颗刚升空而起的灵魂。水，依附于流动的想象。取水的队伍没有走回头路也不能走回头路，绕了村子很大一个圆圈，又回到那个悲伤的起点。

道士说，只有这样做，死者才不会忘记回家的路，也不会久久地停留在家中魂灵不散。这道士姓雷，瘦高瘦高的，眼睛鼻子嘴和几道深壑似的皱纹占领着那张皮肤绷得紧紧的脸，五官看上去有些比例失衡。每当村里死人时他就会应邀而至，听人说性格怪怪的他是与一群羊生活在一起。连最好奇最调皮的孩子也不敢轻易靠近他，因为他是村上唯一与鬼魂交往颇多的人。可他的怪异也让他备受方圆几个邻村长者们的尊敬。

暮色升起的速度很快，队伍也急着往回赶。疲惫的原因，还是大家对天色的担忧，队伍步伐走得纷乱、杂沓，响器手们打着哈欠抽着劣质的香烟，村庄上空升起缕缕炊烟，随风飘远，观看的人群像冬天的树叶，一路尾随一路稀稀落落地闪身不见。队伍的悲伤也没有先前的那般凝重。可我在那一刻，不知是被一个夜幕下的村庄的清旷、疏远唬住了，还是死去的亲人对迟到的我故意的惩罚，我的内心充满了恐惧，在这支喧嚷的队伍里格外突出。我不认识身边的每个人，也不再感觉到他们的存在，连同我自己。

我把自己给丢了？我想抓一只从身边溜过去的手，不管是谁的，可未能如愿。

夜间，道场仪式开始了。所有聊天剔牙的人各就其位，正襟危坐，气氛骤变。雷道士念念有词，从左手端着的碗里捏着指头向空中虚无抛洒着水，响器手们休息时嘻嘻哈哈，一旦开始工作时则会全神投入，旁若无人地沉入莫大的伤感中似的。没有人指挥我干什么，我也不知可以干什么，晚饭时累得够呛的父母简单地交代了我几句，就把我塞到了一张条凳上。他们都没发现我的异常，我却发现以前那么多的玩伴这时都不见了。在我身边川流不息的大人们，看上去总是忙碌着什么事，有的我认识，有的我从未见过，可他们好像都认识我，会克制着以往那种夸张的表情叫我一声，或者拉拉我的衣服，摸摸我的头。偶尔会有一两滴水珠从额头上淌下来，道士早已经开始另外的仪式准备。水珠从何而来，我压根不去想，只是迅速地抹掉睫毛上的那颗。那么多陌生的事物都跑到了我身边，我被拉扯着，手足无措的样子像个舞台上的小丑。直到多年后我在犹太人奉为经典的《塔木德经》中读到"永远不要在夜晚跟陌生人打招呼，或许他就是魔鬼"。可当时的我毫无警觉。

一个乡村老者正常死亡的丧葬，道场会连续三晚，并间隔几个草台班子艺人的花鼓戏演出。条凳的空位上坐着一个妇女，她化装成戏剧中的某个角色，不时轻咳一声清清嗓子，有人过来交代她，今晚唱得卖力些，她面无表情地点一下头。我茫然无措地坐着，这时走过来个外村的男人，想跟唱戏的女人套近乎时，故意把我当作了她的儿子，我讨厌男人长了翳的一只眼睛，为此我离开了那条坐得发热的条凳。在四周漆黑的夜里，那个临时搭起的帆布篷内两束足够亮度的灯光，却只能算得上是两团萤火虫的光。好几次，我想到光亮之外，到白天熟悉的地方去，我猜想那些小伙伴都躲在那里玩得正欢。可我挪不动脚步，黑夜怒瞪着一双巨大的眼睛，似乎等着我的脚步一踏出光的保护就血口大张将我吞食。

在堂屋中央的木匣子里，就是我们的中心，那里躺着的亲人——我的外公，也是这整个村落的长辈，他那么安静，压根就不像生前得肺病时常常肆无忌惮地制造出巨大的咳嗽声。如果说他的去世带来了些什么？那就是许多亲戚和子女中的女性，她们的眼泪和各式各样哭泣的声音。

我坐到了一个无比木讷的老妇女身边，她的眼睛深深地眍进去，浮肿的眼皮上重叠的皱纹像是夸张的油画颜料堆起来的，她是我的外婆，刚刚死掉了男人的女人。她没有哭哭啼啼，我想是不是这两天她的眼泪都流干了。但我能感觉到她的悲伤慢慢地到我身边，凉意一点点地从心底里蔓延，又像是数只长满脚的虫子在啃噬着。我心里那隐隐约约的痛感四处跑动，就是找不到出口。

等不及看到雷道士的正式表演我就被瞌睡击倒了。母亲把迷迷糊糊的我牵进里屋时，半睁半闭的眼睛里最后留下关于雷道士的影像是他挥舞着一张点燃的纸钱，火光把一张瘦脸映得更加瘦骨嶙峋。

那张临时搭起的床我是第一个睡上去的。可半夜醒来时，床上挤满了人，白炽灯混浊地亮着。床单的潮润不知是原来就有还是我噩梦中骇出的汗。谁知道这张床这几天睡过哪些人。

之初，我是在梦中看见屋后路边那些郁郁葱葱长着的树。它们长好了，将来有哪户人家娶亲，出嫁，或丧礼，它就派上用场了。我抚摸到其中一棵年轻的泡桐树，上面刻着一个人的名字。一笔一画，有板有眼，是那种廉价的小刀刻的，可以看出小刀在手中用了很大的力道，每刻一笔的过程非常缓慢，还有字里行间隐藏着的幼稚。那一天，邻家女孩跟我走到树前面，"我要刻下你的名字"。那大约是春天刚开始的时候，我们的情绪就像灿烂的阳光一般美好饱满。在树上刻她名字，动机是她的名字好听，像秋天林子里鸟儿婉转的歌声。而这棵泡桐树的皮肤还很稚嫩，你可以想象，它忍着小刀给身体带来的剧痛，甚至是绝望，承担着一种幼稚的伤害。在青白色的树干上，她的名字刺眼地显现于跳跃的春光下面，树上的每个字都是静谧的，却在树的身体里搅起了一种声音，而人却无法听见。在名字周围是湿漉漉的一片，它美丽的皮肤被划开，鲜血已经一丝一丝地往外渗。那鲜血，绿色的，这叫人诡异的颜色，镇压了我很是享受的欢乐。她的心跳剧烈，面容在我的视野中变得模糊不清。我只能看见自己把双手伸进水井里，用力地搓洗，力度越来越大，终于控制不住无限伤感地哭泣起来。

闷闷的响乐、衰微的说话声、咻咻的逗笑，在我的梦境之外，隐约可见。

我是被梦里跑丢的我吓得哭醒来的。起先是看到木匣子里的外公活生生地站到了面前，他轻抚着我的脸，问我是否会记得他。以前母亲告诫过我不要近距离地与外公说话，他的结核病是传染性的。我们吃饭时总是有人用一双公筷夹好菜给坐在一边的他端过去，刚开始他老人家闹脾气，后来他知道要是他坐近桌子边上，大家就都会坐另一边去了。他要抱起我，我顽皮而无礼地挣开他的手，独自跑到屋后。以前屋后的一条小水沟，现在不见了，只看到一片杂草，我跟着舅舅养的黄狗钻进草丛中，狗钻进去，就变成草一般的绿色了，然后一溜烟跑前面了。我呼喊着狗的名字，却只听到风的回答。我想起假期在县城表姐家看到的绿牙吉尼的故事，在英格兰乡间有个叫绿牙吉尼的精怪常常恶作剧地领着迷路的人在夜间的沼泽和森林里兜圈子。我们一定也是被"绿牙吉尼"给戏弄了。黄狗把我丢在没过头顶的草丛里，我拨开草丛奔跑，就像在大海中奋力划动双臂，却真的找不着进来的路了。四面八方到处都是一片淡绿色，我的衣服、皮肤，掌心那颗褐痣都变成淡绿色的了。

我哇哇地哭醒来，心中存留的痛也一起跑出来。梦境中的淡绿色竟然跑到现实中来了，这让我更加害怕，我翻过那些熟睡的人，从他们被绿光笼罩的身体上踩过去，却没有一个人醒来。我赤着脚，地上一摊摊水渍冰凉刺骨，我浑身发抖。当走进堂屋，看到被一圈绿烛光映照着的木匣子时，我便毫不犹豫地走了过去。

　　我爬上搭木匣子的凳子，头伸进张开的匣子口，那张刚才在梦中对我微笑的脸，白里泛绿，冷冰冰地望着我。一切原先都没有产生的对死亡的意识，此刻萌芽且爆发出来。那张脸的冷若冰霜，刺激着我，我放开喉咙痛哭起来。奇怪的是听不到自己的声音。我幼小的心灵里，仿佛真正地知道了死亡的具象意义。死亡带给一个人的是表情的丧失。挥之不去的悲哀紧紧地捆住手脚，只有泪水放任地无声流淌。

　　当我手脚并用将要攀上木匣子上方时，胡须仿佛是一夜之间花白的雷道士眼疾手快地拦腰抱起我，随后交到两眼红肿的母亲怀中。我看到他双唇呷巴着，没有丁点声音。他似乎还俯下身子对躺在匣子里的外公说话。然后看到他表情倏然一变，朝空无一人的墙角呵斥，乌神野鬼都滚开些！他的动怒把许多打瞌睡的人都闹醒了，大家不知发生了什么事情。

　　母亲像明白了道士的言外之意，悲痛中又多了几丝焦虑。她抚摸着我微微发烫的脸颊，把我抱得更紧了，似乎想要依靠她那颗伤恸而冷却的悼父之心把烫冰镇住。事与愿违，我开始高烧。烧得太烫人了，母亲回忆说。我被母亲和外婆轮流守护着躺在床上，外面的喧嚣与我隔绝。迷糊中所做的梦都与黑夜有关。被从黑夜里蹦出的为非作歹的绿魔们追逐的我狂叫，大汗淋漓，胡言乱语。

　　在母亲的恳求下，雷道士答应给我驱散纠缠的鬼魂。他烧了张黄纸符在盛水的碗中，嘱咐母亲给我涂抹身体。我的胸前又被塞上一张粗糙的"护身符"。母亲用力地替我压住，生怕这张硌皮肤的纸掉了似的。雷道士去休息时还不忘对我外婆耳语一番。

　　我把这个淡绿色的夜晚，作为葬礼背景的夜晚给丢了。

　　两个女人要带着我去找回来。

　　我小小的身体趴伏在女人温暖的背上。她们背负着我从光亮处出发，穿过杳无人影的村庄，拐上河堤。我认出这是一条取水的线路，进而害怕她们会把我丢弃到河边，可昏沉的我使出的力量微薄得像张风中的纸，她们浑然不觉。

回来喽？——回来了。

一问一答从两个女人的嘴里跳出，声音的颤抖是风吹散，还是内心尚未平息的悲伤和新的恐慌所致？谁回来了，又是何时离开的，为何要唤回来？直到成年之后我才懂得这种在乡下称为"收吓"的习俗，在那个夜晚真实地发生着。

我紧闭着眼睛，却看得见乡间小路上黑黢黢的树、石磴、杂货店、玩伴的家，都幻化成怪模怪样恐怖的人，都在一片淡绿色的草丛中浮浮沉沉。我挣动着仿佛不属于自己的身体，而从母亲后背上渗出的热气，牢牢地黏附着我，甩也甩不脱。在那一颠一颠的行走中，我睡着了，又醒来，我的背上还有一双皮肤叠满褶皱的手掌。在母亲的回忆中，她吓坏了，她害怕昏睡的我遭遇不测，她要把我抢回来。她是在抢我看不见的魂，她还要把我的魂给带回家。

完成"收吓"的过程，母亲在我睡的房间四角抛洒数颗米粒，又跪到那个木匣子前面说了许久只有她自己知道的话。

这一切的发生我都是模糊的。后来我反复记起这个夜晚时，仍然揣度不透是道士那张护身符还是母亲内心坚毅的力量把我找回来了。我偏心于后者，母亲在哪里，哪里就是我的家。

等葬礼结束，我又恢复了健康，可有个秘密不敢说给任何人听。一到夜晚，我就看到周围一切都变成绿色的了，这不是幻觉，可从来没听身边的人说起过这种感觉。我不敢说，哪怕是对母亲，她肯定会怀疑我的脑子出问题了。我不想让别人用异样的目光看待我。我只得紧紧抓住母亲的手，好像一不留神就又会把自己弄丢了似的。母亲总是摸着我的头安慰，不怕，你早已经"找回来"了。

为了让我对"回来"这个说法感到踏实，几天后，母亲拎了一包白糖和一对谷酒带我前往雷道士家中感谢。道士无妻无子，好像连亲戚走动的迹象也没有过。但他在神道方面的灵验才能奠定他在镇上的地位，还有他深居简出、与人为善的生活令人们刮目相看。

我们走了很远的路，我跟母亲赌气。母亲坚决地说，不去不行，道士他帮过你，是他把你找回来的，得学会感恩。不知是冲母亲坚决的态度还是她答应帮我求道士允许我摸摸那把看似无所不能的铜剑，我兴致勃勃冲在前面并不断地回头催促提着礼物的母亲。

雷道士在河坡上的家，其实就是一大一小两间半破不旧的土砖屋，周围是一片被山羊啃得干净的草地。我在屋门口看见一只眼神精明的山羊，乖顺地匍匐着，嘴里嚼着半截露在外面的草根。母亲和道士讲话，我就在一边摸山羊的头，它绕开我的手，我又搭上去，它又执拗地绕开。雷道士发觉我和山羊之间的小小斗争，呵呵地笑，露出一口烟熏出来的黄澄澄的牙齿。

他问我喜欢山羊吗？我点头，反问他，这是你养的吗？他也点头，并且用手指了指河坡脚下。我站起来，看见那里有一群闲散溜达的山羊。我兴奋起来，扯着母亲的袖子指给她看，模仿着发出两声咩咩的叫声。

雷道士说，山羊的眼睛是他的时钟。我扳住已经听话的山羊头，凑近去看它的瞳孔，并没看到平时熟悉的那些时刻。道士看到我失望的表情，又呵呵地笑起来。

你会杀掉它们吃吗？我幼稚地问。他摇了摇头说羊是他的朋友。他好像还说了几句，更像是喃喃自语，整夜都有鬼魂在门外徘徊，有的不怀善意，可他的羊会让它们不敢靠近。如果有羊死了，他会让它们入土为安。

去雷道士家的感觉是愉快的，虽然没有观赏到他的剑，但母亲说他喜欢我，下次会有机会的。以前我没走进过他的家，小孩子都以为这个与鬼魂斗争的男人家中总藏着一些很邪的东西。临走时，他送给我一小块磨得不规则的羊角，穿过一根细绳，就系在了我的手腕上。他告诉我以后的夜晚，将不会害怕任何东西，会得到羊神的护佑。

　　我一跃成为被护佑的众生中的一个。那些需要不断自我调整的时刻，我的畏惧变成了多余。

　　多年之后，当我迎接和送别的夜晚能串连成一条看不到尽头的路，当我在有文字记录的黑夜史中与形形色色的夜晚遭遇，当我习惯了一个人在夜晚的读书、思考和写作，夜归和夜长梦多……那个依稀的村庄，我越来越冷落的回乡之行，从一个 9 岁孩子开始的记忆中激活。脚印浅浅深深地写在田埂、乡间小道的方格中。当回想起那个 9 岁的孩子在夜间张望村庄时眼神里渗透的忧伤时，仿佛还能看到他的目光伸向白昼回家的方向，看见他"被一束阳光钉在地上/日益冷落的村庄/转眼就是天黑"。河风吹拂着整个村庄，也把他内心的那些想法吹出树叶簌簌般的响声。

夜色起

一

那些日子，二妈总在忐忑不安的情绪里等待每一个夜晚的到来和离去。

她病了，着了邪，这个邪不轻。小姨气鼓鼓地冲着姐夫发脾气，你看，这个家弄得还像家吗？小姨那张胖圆的脸改变成有棱有角的方形，有些滑稽，但没人敢笑出声来。因为，二妈这次得的病显然是乡下人磨得粗皮厚茧的手也不敢接的"烫山芋"。

从县城医院回来，二妈上床合着眼假寐，实则竖着耳朵听堂屋里的说话。但二叔、小姨几个只是叹气，喝水，咳痰，嘴巴里喉咙里喹啦啦地响。然后是沉默，束手无策。医生说的话很委婉：回家先吃药观察喽，多安慰病人，控制住不往坏处发展。

小姨火了，碰了鬼啦，我明天去请钟大仙治治，哪会无缘无故得这个毛病。又来了几个二妈家的亲戚，打探病情的，他们都在周边的村里，不远，溜达几脚路就到了。他们看着天书般的病历本，瞠目结舌。"抑郁症"，他们没听说过这种病，但从小姨的怒火中，很快心知肚明。他们的生活词典里蹦出"精神病"这个词，取而代之那个让人意外的结论。二叔打电话给小女儿通报医生的定论，反复说着病象。窗外的夜色于悄然间张开巨翅飞临，亲戚们趁此机会作鸟兽散。

人好歹都是要活下去的，这是二叔的人生哲学。他走进冷火秋烟的厨屋，塞进灶膛一把把晒干的棉秆，噼里啪啦炸响，屋里的灯没有亮起，炊烟带来生气。二叔怅然若失，锅里翻炒着自家地里长出的莴苣，那一声长长的尖啸像是从地底下坚硬的石头中突然炸裂。他的耳道里响起一阵惊马奔逃的声音。脚步纷乱。二叔慌张地拉开纱门跨进里屋，患病的妻子，眼睛圆睁，散乱着头发，缩抵墙角，紧紧抱着自己的身体，床上的红印花被子甩在地上。二妈的嘴唇嗫嚅着，发出奇怪而低沉的声音。二叔捞起地上的棉被，又呵斥起自己的女人来。多少次无效的劝慰，让他难以压制心中的无名怒火，恨不得烧死那个躲在妻子脑子里的幽灵。事后等情绪平静下来，这个一辈子都在与土地打交道的农民又会懊悔不已，医生叮嘱的话浮雕般地站起来，要多给病人营造安静温暖的现实环境，多引导病人去回忆感受美好亲切的往事。他使力拍打自己凌乱的头发，心里的痛淌过满脸皱纹的沟壑，落下两行热泪。

泪流过后，二叔却一直坚定看法，二妈的病都是她自己的心理作用。一个人为什么要想那么多复杂的事呢，外面吹点风下点雨，狗呀猫呀弄出些响动，这有什么好害怕的呢，你要紧张干嘛？……二叔咄咄逼人，他有太多的疑问，连珠炮般发射出来。正常人的疑问，一个已经患病的乡下女人独自面对时，只剩下瑟瑟颤抖躲避粗暴声音的撞击。

二妈患抑郁症的事传到我耳朵里后，我找了个周末回去看望。她的两个女儿都在外地，没有子孙绕膝，家里空荡荡的，打开家门就是成片的棉田，左邻右舍的房屋都隔着上百米距离。乡野的清冷，对二妈的病是非常不利的。见面时，二叔到地里摘棉桃去了，二妈就坐在堂屋堆积几箩筐的棉桃中间，把棉絮从黑色的壳里扯出来。她很紧张，任何一个人的到来。我亲热地喊她几声，她认出我，更加紧张起来。她想去喊田里的二叔回家，又想去烧杯茶招待家里的客人，但当这两件事无人指挥的时候，就神慌意乱了。

谁也无法否认这场病改变了二妈。二叔更是不愿在乡邻面前启齿，什么抑郁，他们只晓得疯子、神经病，谁的家里摊上这种人，典型的家丑不可外扬，仿佛是前世作恶的结局，仿佛谁四处谈论，博取同情都是可耻的。要知道，二妈年轻时干过大队会计、代课老师，回家务农后，各类农活都干得漂漂亮亮。田间垄上，庭前院后，都收拾得井井有条，她是村里公认的聪明人。但她又老实得只知道埋头干事，老实人的本性让她不去争取那些稍加付出就能得到的东西。她跟人交往，有礼有节，言语不多，人的好坏她心知肚明，进退有余。就是这样一个贤惠能干又善良明快的农村妇女，却鬼使神差地落入身体的陷阱。"陷阱"的悲哀所在，就是你慢慢地挖好它，连自己都未察觉。

在二叔看来，我在城市工作，见多识广，也许能帮上什么。饭桌上他坚持要喝一点酒，我没有拒绝，他心里的苦需要找个渠道渲泄一下。"为什么要互相折磨，一个人好端端地，为何如此折磨自己折磨家人。""你不知道我多窝火，你二妈的姊妹都责怪我，我是情愿这样吗？"……家族之间的矛盾摩擦在乡下是普遍现象，天下太平时都相安无事，一旦有风吹草动灾祸不幸，矛盾就全迸发出来。我端着酒杯，看着那张老皱的脸那双迷离的眼，唯有安慰：面对现实，积极治疗，这道坎大家一起跨过去，何况二妈的病还是初发期，兴许通过药物治疗会慢慢消除。多半时候我语塞沉默，不知要如何条分缕析这个降临二妈头顶的病灾。来之前我查过百度，有关抑郁症的网页铺天盖地地砸进视野——"人群中有16%的人在一生的某个时期会受到抑郁症的影响，又至少有10%的人会出现躁狂发作。专家预计，到2020年，抑郁症有望成为仅次于冠心病的第二大疾病"。我不知道二叔会不会明白我跟他说的这些，这个世界上有那么多同病相怜的人，或许能略微减轻他内心苦涩的重负。

二

二妈患病初期，小姨隔几天来一次，她执意要去请钟大仙。钟大仙是城郊一个道行很深的神婆，很多人有病有灾避邪、求子求福求财都要登门。小姨的提议被二叔一口否决，"哪有什么神神鬼鬼，有钟大仙还要医院要科学干嘛，钟大仙能免除她自己老公不出车祸身亡？""那一个好好的人，突然变成这样，医院说治不好你不想别的办法，你是什么居心？"小姨反唇相讥。

小姨邀来的几个"帮手"，大舅、堂兄、表姐，在一旁你一言我一语，浇熄即将点燃的炸药包。二妈的病有一个疑问，病因从何而起。不知谁竟然扯到前年二妈摔跤后的骨伤，二叔便偃旗息鼓了，不管他承认与否，这个世上没人能吃到后悔药。前年冬初，二叔执意挖塘泥抬高晒禾坪，由于塘泥未干透，二妈在摇水井旁提水时滑倒，伤了尾椎骨。伤的前几天还忍着以为没事，后来疼得受不了就去看医生，照的片子是骨折，幸好不是特别严重。农村人都是"大病化小，小病化无"的对待方式，一生勤俭节约的二妈哪舍得花钱躺在医院里，只恳求医生开具几种不疼不痒的疗伤补钙药物。医嘱：卧床两月。这番遭遇，大家都清楚，但又不敢说真正清楚了。一个养骨伤的病人，为什么会转化为抑郁症患者。但摆在面前的事实，二妈躺在一张"门板床"上，疗养骨伤的两个月过后，她开始对这个世界对任何事情敏感起来，一种没有来由却无比巨大的恐惧从她的内心深处像癌细胞般地迅速扩散。二叔的软肋被击中，最后丢下一句，你们爱怎么弄就怎么弄吧！

二妈的恐惧也许并非骤然出现。伴之产生的性格突变、敏感多疑、行为诡异，都在如沙尘般聚积。二叔看到，妻子的情感变得冷漠，脾气变得暴躁，对家里家外的事情不感兴趣，经常会为一些小事而乱发脾气。外地的女儿回家发现，热情好客的母亲突然变得对人冷淡孤僻，与人疏远，不愿与人交流了。邻居则看着独来独往的她，对近在眼前的招呼置若罔闻，行为举止叫人诧异。

我在二妈家留宿的当晚，酒酣入眠的二叔发出间断的呼噜声，二妈却辗转反侧。同一间房内躺在客床上的我小心翼翼地安慰她，"想什么？""嗯。""没事的。""嗯。""有什么事就说出来，说了就好了。""嗯。"……我给她展望一个家的美好未来，描述医学发达抑郁症的治愈不足为奇，不管我说什么，二妈的鼻孔里只嗯嗯地回应着，充满歉意。后来，她长久不翻身，似乎早已入睡，我也沉闷了，实则她是担心声响扰我睡觉，想让我以为她睡了。我睁眼看着屋里的一团漆黑，视觉辨认不出任何事物，却仿佛能看到二妈绷紧身体，攥紧双手，抗拒什么的到来。这是我度过的最漫长的一个夜晚，我绞尽脑汁，想如何跟二妈说，哪些可以说，哪些是禁忌，我好累。难道她不累，她日益消瘦，神色仓皇，压力山大，只有在药物的作用下，她才能够安然睡着，否则就是在一秒一分的流逝中数着夜晚的光阴。

迷迷糊糊的后半夜，二妈的一声尖叫把我们惊醒。二叔睡意迷蒙，连忙扯亮电灯，蜷缩在床角的二妈又迅速地躲到被子里面蒙住头，嘴里喊着："别抓我，我不去。"二叔把她哄得安静下来，她告诉我们她做噩梦了，梦里有和尚跟道士手持绳索铁链要把她捆走。二妈手心汗涔涔的，我握紧她的手，说："这是梦，不会发生这种事的，没有谁来抓你。"

夜晚成了横亘在二妈面前一道难以翻越的崇山峻岭。农村空旷的夜晚，黑暗粗暴地夺走了人类感官中最宝贵的视觉，听觉趁机作乱，那些素日习焉不察的声响，夜里张开想象的翅膀，在二妈的脑子里飞来飞去。也许飞走了就好了，可它们俯冲下来扎下根不走了。这些浑蛋充满邪恶，嘈杂地争吵着，赶走一个农村女人心中驻扎多年的安宁，日常生活里任何微不足道的事在她眼里都极其危险、布满陷阱。而夜色刚升起的时分，她总爱张望家门前的通道，仿佛等待着什么；她害怕疾风卷动树叶的呼啸声，猫儿行走屋顶踩动瓦片的声响；她眼前经常恍惚，把许多虚无的东西附加在自己身上，别人在议论她，有人想加害于她，幻视幻听的症状在夜间演进得格外显著。特别是夏季骤然增多的雷电之夜，白色闪电撕裂天幕，青色大雨瓢泼而至，风雨的二重奏在一个精神隙缝已经绽裂的老人心里，该是制造着一场怎样的心灵地震。

二妈被噩梦一闹腾，终于累得乏力入睡，而窗外的天色已微微发白。酒精散尽的二叔毫无睡意，和我漫无目的地聊起两个表姐的生活。二妈生育四个孩子，中间的孪生兄夭折了，一头一尾是女儿。农村"养儿防老"的意识多少年来像庄稼一样在田间茂盛地生长。这个痛点一直埋在她的心里，也从未向人提起。大女儿中考毕业那年长江洪水暴涨，等到邮递员送来卫校通知书已是秋后开学，她与那个年代有工作分配的中专学校失之交臂，一生的命运因此改变了。早早结婚生子，而后家庭不和、婚姻不幸，她远上广东打工，省吃俭用，把自己"刻薄"成一个矮瘦的身体。爱赌博的大女婿输掉了乡镇农电站的工作，离家出走10多年，下落不明。名存实亡的婚姻在乡邻茶余饭后的齿缝间滚来滚去。二妈养骨伤，大女儿请假回来照顾，假还没休完，就匆匆赶回了南方，原因是她的公婆几次登门，催促媳妇回去。回去又能干什么，一堆窝囊事，眼不见心不烦，更加懒得与那些爱嚼舌的人说话。一个空虚的家，儿子跟着爷爷奶奶生活，被老人教唆与妈妈关系疏远，读完县里的职业学校也去了南方打工，拿到第一个月工资就染了一头黄灰色头发。40多岁的大女儿悄悄把辛苦打工攒下的钱塞进二妈的枕头下，大清早出发又去了那没有感情只有机械生活的城市。小女儿结婚迟，又有着另外的难言之隐，婚后7年，从之初的不急着要孩子到怀不上，孩子问题似乎成为一个永远都不敢擅自踏入的雷区。二妈卧床的日子，从前殷勤的小女婿很少问候，借口是工作忙出差多，但老人敏感地察觉到涌动的暗潮随时可能把她最钟爱的小女儿的家庭木屋摧枯拉朽。

两个女儿所遇到的生活难题，尽管在这个年代有着众多的"类似"，但在二妈这里变成了一道不可逾越的沟堑。前来探望的亲朋好友说东道西，嗟叹惋惜，农村根深蒂固的迷信意识屡被唤醒。有些不怀善意的叙说，有些不期而遇的偶合，都变成一块块石头堆砌在她的心里。躺在"门板床"上，骨伤慢慢愈合，可苦涩冰冷的黑胆汁，古希腊语中"忧郁"的代名词，越积越多，以至让二妈患上深深的抑郁症。那些纷繁的心事，像春天地里播下的种子，碰上好年成，蓄势长得越发茂盛，杂乱，再也不能割刈干净。二妈纠结于那些蛛网般的心事中不能自拔，让我想起肥皂剧《辛普森一家》中的一句台词："假如念念不忘，那么任何事情都会变得糟糕。"

三

回城后我特意去咨询了一位神经内科医生，他说，像二妈这样的病例他见得太多，病因五花八门但大多与刺激有关，有些刺激因素就潜伏在风平浪静的日常生活中，可全世界都找不到好办法，唯有依靠药物来稳控疗效。藏匿在二妈体内的抑郁因子，这些要重点盯控的群体，究竟长得怎样的奇形怪状，你稍加不留意，就不知它要制造多大的麻烦与灾祸。有一次夜聚，我的医生朋友竟然在微醺后埋怨，每天来挂号看病的人群中，抑郁症患者越来越多，不明白这世界到底怎么了，我们的情绪何时变得如此脆弱。

他的一声职业感叹，把酒桌上散乱的话题归拢。我们开始谈论情绪，追寻一切可以让情绪失控的往事和记忆。抑郁真的只是情绪的一个端口。快乐、悲伤、气愤、尴尬、恐惧、厌恶、惊奇、罪恶、羞耻、嫉妒、轻蔑、同情、崇敬、挫败、怀旧、困惑……还有更多细微的情绪感受，那瞬间即逝或短暂过往的情绪反应，像隐藏的导火线，引爆我们无以承载的精神世界。

趁着暑假，小表姐听从我的建议，带二妈到省城的脑科医院看病。医生把情况一问，做了几个简单的测试，二话不说，就开了个住院的单子。要治疗，住院吧。能好吗？好不好先不说，住院观察一段吧，抑郁症，这是严重的心理障碍，患者的认识、情感、意志、动作行为等心理活动均可出现持久的明显的异常；不能正常学习、工作、生活；动作行为难以被一般人理解；在病态心理的恶性发展下，有自杀或攻击、伤害他人的动作行为……医生的一番诊断和郑重其事的描述，把二妈这个在农村待了大半生的女人丢进了冰冷的病房。吃药、化验、检查，小女儿尽心尽意地陪护。老人夜间睡得好些了，药物控制了噩梦，可神情变得越来越木讷。她面目冰冷地看着远处的高楼、有阴霾的天空，眼前的四菜一汤、药片，眼睛里透露出的是一团混浊，全然失去了过往的生动气息。

病区里都是这一类的病人，只不过年纪、遭遇、病情各有差异。一个刚上高中的女孩子，总是以为有老师同学在背后搬弄她的是非；一个公务员男子认定上司给他小鞋穿而暴力相向；一个丧偶的女人，每天到丈夫的单位等他一起回家；一个空巢老人听不得大的响动，不敢迈出家门半步……这个美其名曰"脑科医院"的地方，实则是精神病患者的"集中营"。精神分裂、抑郁、焦虑、狂躁等，这些标签被贴到一具具鲜活的身体上。

我出差，顺道去探望二妈，表姐说服药对她精神之疾的疗效时好时坏。记得那天在气氛凝滞的病房内，我与二妈的眼神狭路相逢，一碰着她就扭头垂落。二妈的眼神中表露出的是对这世界的不信任，她仿佛永远生活在一种紧张的状态中，任何喜悦的传递在她的脸上看不到笑容呈现，偶然的神情放松也只是昙花一现。在病区穿过，奇怪的感觉湿黏黏地包围过来，每一位陪护的家属脸上都很苦涩，一个个比赛似的忧思重重。表姐说，这里是病情不太严重的病区，她指了指一座铁门紧锁的院子，从天色熹微的凌晨开始，那里就发出一阵紧似一阵的吼叫声，夹杂着此起彼伏的哭泣，这个特殊病区的喧闹会持续到很晚，甚至有时在好不容易寂静的深夜，又突然暴发出惨烈的呼叫。在这里的压抑感太大，表姐苦笑着说，不要说病人，就是好人住久了不抑郁才怪呢。

恐惧这个词，从这里起源是再正确不过的了。暗示前方有某种不明之物不祥之兆在等待，不可解释的事情时刻能在此发生，一瞬间，对虚无的巨大恐惧可以淹没任何一个人，而每一个人都成为恶劣情绪和孤独的俘虏。寻找生活的意义，在这里是一件奢侈的事情。

目前药物是抑郁症患者较为有效的治疗途径。帕罗西汀、舍曲林、氟西汀、西酞普兰、氟伏沙明，这几种常见的药物专为像二妈这样的抑郁症病人量身打造的，它们有个令人迷惑的名字：五朵金花。我在二妈的药方上看到这些空洞的字眼，特别是帕罗西汀，这是人们常用的选择性 5 – 羟色胺再摄取抑制剂。药物和疾病是天生的一对敌人，从来都是此消彼长地相互制约、抗衡。二妈患病后，我咨询过好几位从医者。为什么没有特效药，那些从高级科研实验室内出来的药品，难道多少年来都是典型的试错法？因为网络上不断有人交流自己在服用抗抑郁药或治疗其他精神疾病药物的感受时，那些诸如手脚麻木、动作呆滞、脾气时好时坏、性欲消退的副作用层出不穷。似乎所有药物都有一个共性的缺陷——并不能对每一个人有效。

断断续续的治疗中，伴随的是民间的巫术、偏方。二叔从起初的抵触到不吱声接受，态度转变得很快，这是他无可奈何的唯一办法。二妈仍旧在夜里大汗淋漓地叫喊，有人趁黑来捉了她去。二叔也渐生幻觉，仿佛暗处果真躲有偷袭者。小姨登门求了钟大仙，以及后来几拨被请来施法的能人，都讳莫如深地摇着头：妖孽太盛，没法降服。有一个神乎其神的江湖游士收了大红包后斗胆尝试，结果第二天在自己家里被酒精烧伤。这被"追究"为法力尚浅的他执意妄为，得罪了藏在二妈身体里的魔障。"你看，你看看！"乡邻们咂嗒着舌头，把不可思议丢在一阵风中。而宁可信其有，不可信其无的小姨更加上纲上线，翻找二叔家的陈年烂账，控诉抨击这个不能保护自家女人的男人的懦弱无能。

我曾无数次想象二妈是如何度过患病后的许多个夜晚的。也许从她躺在门板床上，看着窗外的光亮渐渐熄灭，等待夜色缓缓升起的那一天开始，就注定走上一条不可能回来的路。那些夜晚如雨后笋尖争相冒出的寂静里，充满了庞大笨重的忍耐与孤独。那些翻滚的孤独，无法丈量出距离，但它与死亡的距离是最近的。太难挨了，二妈终没能坚持下来，为了逃脱被捉去的噩梦，做出了一个极端的选择。国庆节过去不久的一天午后，她支开二叔，让他去镇上买一些家用品。二叔出门前还再三叮嘱，说很快就会回来。也许，他在那一段隐隐萌生过一些不祥预感，又疏忽了这些从心尖上跑过的感觉。送走丈夫，二妈像魅影般地走进过去堆放棉花的贮藏间，把自己的生命结束在一根20多年前和丈夫亲手架起的木梁上。

这个被我视为母亲一样的女人，也许很早前就像济慈在《夜莺颂》中写的，"似乎已迷恋上那个安逸的死亡"。据说她离开的时候，脸上没有往日的愁情怅绪。亲友的叙说，让我悲伤四溢，渴望知道更多有关她自杀的细节和最后情状，又不敢追问，只能在记忆的水波里眼巴巴地看着那张生动的脸荡漾消失。生活原本有更好的选择，至少有许多种活着的选择方式，不应该让任何人面临绝望又毁于绝望。二妈没有留下一句话，没有遏制住内心经常冒出的自我毁灭的冲动。她赴死的心可以有千百种阐释，唯独没有标准的一种。

四

世事多悲怆，生活中个体的悲伤仿若湿岩上的苔藓，发出鲜绿却沉重的光芒。人死不能复活，纷至沓来的遗憾总会有一段时间纠缠生者的内心。二妈的家人包括我在内的亲友，总埋怨在她人活着的时候给予的关怀过于浅薄，对有过的愠怒流露出恨意心生懊悔。但无情的时光不会谅解任何有过失的人，和任何一种心灵的问责。

从脑科医院接二妈回家的那天我赶去了，我清晰地记得从一条长长的斜坡走下去，经过一扇侧门，是通往热闹街市的一条近道。在这条离开的"捷径"上，看不见一个人影，喧闹之声突然在这里消遁。我跟在步履缓慢的二妈身后，鞋底贴着地面，时间在这种缓慢的行走中仿佛停止。她不时扭头回望，却看不见一个人影。来到这里的人们，相同的命运，而哪一个又不是有着不同的故事人生呢？我的目光一次次触礁般地碰到二妈依然冷漠的脸（医生无奈的表情写着，只能是这样，已经是最好的结果了），迅即被冰冷地弹回，我被摇荡的无力感击中。二妈此时像极了茫茫大海中的一座孤岛，孤岛时刻会被海水掀起的巨浪淹没。17 世纪英国玄学派诗人约翰·邓恩的诗句从冷记忆里点燃：没有人是一座孤岛，/在大海里独踞，/每个人都像一块小小的泥土，/连接成整个陆地。到底谁是正确的，面对常常为人叹息和不可理喻的精神疾障，一旦真实地发生在我们身边，兵慌马乱般的措失感就会涨潮，一浪高过一浪向人群拍打过来。

太多的不可言述在我们身边发生。偶尔我也会认为自己患有轻度的抑郁。比如，我刚改行做记者的那段时间，天天跑会议新闻，藏匿正襟危坐、人头攒动的会场，人人各怀心思，大家的耳朵似乎张开，一排领导按职务从小到大的顺序，念着一摞材料报告。那些内容重复单调、耗费时光的报告，让人看不到会议的尽头。面对这种不确定感，我时常生出古怪念头，拂袖而去，把桌上的茶水泼进那些茫然空洞的嘴里。那些被恶劣情绪辐射的夜晚，我的目光始终无法聚焦在斑驳的文字材料之中，去梳理这些道貌岸然、装腔作势的文字。我一直以来没法将对它们的厌恶表达出来，唯有以顺从的方式安抚这群躁动者。有时我想，某一天，我将会被这群躁动者逼疯。即使挤进一屋子平日最钟爱的书丛里，那些精心挑选带回家的书籍面色狰狞，我会产生一种窒息感。多么荒谬可笑，那些由不同的人创造的书里有数万种世界，归结在一起，它们摇身变成了数万种谎言。

活着是荒谬的，生活处处充满着谎言。这是抑郁症患者内心时常冒出的怪异念头，如同被称为哲学起点的"不可解释之物"，一波一波冲击着岌岌可危的心堤。医生朋友说，弗洛伊德心理动力学理论归结，所有的心理问题都源于人们对情绪的压抑。情绪是无法通过压抑而消失的，反而是潜在地聚集起来，最终因无法宣泄而导致整个心理系统的紊乱，结果必然是各种精神疾病的出现。各种情绪的交集导致的这种典型心理问题纠结着世界上 16% 的人群。也许，某一天剩余的我们都会轮渡到这支被正常人看成荒谬的队伍之中。

五

半年前，我陪朋友到一家县级精神病院，去看一群提前"轮渡"的人。那天的雨非常大，车速缓慢，雨刮器费力地刮擦出一片短暂的清晰视野。朋友一路给我讲述他乡下表兄的故事。

"文革"期间，学习优异的表兄因为家庭成分的问题，先是被村支书剥夺了读大学的机会，后来连学校代课的机会也被剥夺了。恢复高考后，表兄立誓要考个大学，反反复复，头几年总是在录取线的边缘游荡，后面是一年不如一年。再后来，表兄年岁渐增，考学是彻底没了希望。由此，他记恨村支书这位戕害自己命运的"罪魁祸首"。村支书在位时，不务农事的他就从早到晚跟着，记录下村支书的一言一行，然后每月给县、乡领导写信，检举村支书的"反动与腐败"。写信没有回复，没见到调查组，表兄就去上访。领导拗不过他的坚持，游说即将到龄的村支书提前退了休。没料想他不依不挠，继续像影子一样地跟在后面。村支书也是个霸道的人，并没有意识到表兄的行为举止和心理状态濒临失常的边缘，只差扣发"扳机"。某天，当村支书以一种毫无罪过的姿态讥讽表兄的高考悲剧人生时，后者气涨着一张发红的脸，早谢的头顶变得更加油光泛滥。在众人取乐的欢笑中，表兄感到一股力量拽着多年来忍受的屈辱东冲西撞。命运的不公，生活的不如意，让他对眼前某人的愤怒极速膨胀。他随手操起堂屋里的竹篾耙头，扑向了呵哧呵哧笑得正欢的村支书。

村支书的一只眼睛被弄瞎，而表兄发疯了。发疯了的表兄还是追赶着村支书，导致村支书惶恐不安，双方几次发生摩擦打斗，搅得村里鸡犬不宁。无奈之下，乡里每年象征性地出点钱，把表兄送进了精神病医院。这位表兄几次绞尽脑汁逃跑，终于一次成功逃脱后，却在回家的半路上给车撞死了。听到这个结局我很吃惊，开始还以为此行的目的是看望这位人生曲折命运多舛的表兄。朋友说，表兄的儿子精神上也出了毛病，就住在要去的医院里。一个家庭，父子患上相同的精神疾病，父亲成为一面镜子，难以言喻地照着儿子的人生前程，可想而知带给这个家的女人是怎样的巨流般的悲伤。这世上人好歹都是要活下去的，也许二叔挂在嘴边的话在这里得到空洞的回应。

在县工业园，我们走进了这家开办不到半年的民营性质的精神病院。院长姓张，是退了休的县卫生局局长，瘦高个，办事稳重干练。老张热情地与朋友打招呼，因为朋友此前来看过一次表侄后，无偿向医院捐赠了一万元。对于刚起步的民营医院来说，他们十分欢迎有爱心的社会人士。

精神病医院租赁了工业园的一幢空厂房，这真是对园区里随处可见"实干兴园""赶超发展"等正能量标语的极大讽刺。这几年，县级工业园的发展都是大干快上。像这样的县城唯一的资源禀赋就是土地，招不到实力雄厚的企业，着急拉升 GDP 的地方政府退而求其次，于是一些口若悬河、外表光鲜、别有企图的寓外乡友或本地老板便以投资的名义趁虚而入。他们在早期通过各种社会关系进驻，玩起了"圈地运动"，盖上几栋空荡荡的厂房，砌起一溜高高的围墙，然后关门大吉，待价而沽。那些空阔的厂房，也像是患了病的人，荒废、冷清、忧郁、无语。

从卫生局局长到精神病院院长，年过花甲的老张选择创业事出有因，在这个 50 多万人口的县，精神病患者达三四千人之多。到省卫生厅的一次工作汇报中，老张得知允许办民营性质的精神病医院，且当地政府有财政资金支持。他一吆喝，几个股东便信心满满地加入，有了启动资金，一支专业医护队伍也很快组建起来。老张从股东们的口袋里往外掏出了 70 多万元，可政府该支持的钱尚未到账，还只是在政府常务会议桌上滚过一次。"要钱不容易呀，不在领导的眼皮底下滚几个来回，你莫痴想。"深谙政府那一套运作模式的老张知道急也没办法。30 多名医务人员的工资开销，场地的日常费用，对单纯的民营医院来说，都不是一个小数字，能否把医院坚持办下去，我感觉还是个问号。言谈中，我能感觉到老张心中的那些焦虑。一点一点凝固积聚的焦虑，也曾经在他的每一位病人的身体里出现过。

"178位病人，男性97人，女性81人，年纪最小的12岁，最大的80多岁，一旦发病，终生服药，复发率高。"我同老张闲聊病人的基本情况，他对数字格外敏感，病人的收治数会经常发生变化，医院规模决定了收治病人不能超过200人，他们一般都劝那些有条件、病情轻的在家里服药治疗。捋析病因，老张早就做了调查归纳，多数病人患病前比较聪明，追查患病之因，爱情婚姻失败占40%，读书压力过大占30%，其他社会因素占30%。常见的患者都有幻听幻觉、抑郁、精神分裂等症状，最严重的是视物变性，这可能导致杀人。谈到精神病患者杀人，老张一再强调他不是危言耸听，前两年县里就出现过这种情况，一个患有精神病的青年男子误杀了邻家女孩，现在还羁押在市康复医院，法律上治不了罪。

酒精中毒性、精神合并癫痫、感染性、精神发育迟滞、脑器质性、颅脑外伤所致、老年期痴呆伴有急性精神混乱状态……趁老张接电话，我扫视了一遍他办公桌玻璃台板下压着的一张小便笺，上面密密麻麻地抄写着这些复杂多变的病理名称，在当前医学诊断上，精神病种类细分达26种之多。我细声念诵这些字眼，仿佛面对一张张表情怪异荒诞的脸。

朋友到医院门口的小卖店买了两大袋烟、槟榔、饼干、花生等，老张说病人都很喜欢这样的"福利"。打开两道防盗门，一条直走廊，两旁就是病人的集体宿舍，每间病房根据面积大小，安排了4~6名病人居住，一间教室大小的房子是活动室兼食堂，一间特护室里不锈钢管隔离出4个小单间。正值下午4时，多数病人闲得无事，在走廊或房间里走来走去。老张走在前面，病人对他毕恭毕敬、木讷庄重。面对陌生的我们，有的病人不屑一顾，有的流露出紧张和防范的神情。老张不停地安慰，这些都是关心你们的好人，来看你们的。吃了院长的"定心丸"，见我们又有吃食散发，病人热闹地围拢来，但到了跟前又很有秩序地各取所需。这一点让我有些吃惊。他们每人取一样，没有谁多拿多占，有的还很礼貌地道一声谢谢！我跟踪着朋友的目光，想见识那位表侄的模样，可朋友只是在病人中间随意走动，露出可亲的笑容。一个小伙子拿到食物，盯着我问，你是火星来的吗？然后诡秘一笑转身离开，我们也被他的话逗乐了。

打开走廊的另一道门，是女病区。男女病区结构设置大体相同，但明显感觉到，女病区里弥漫着一种说不明白的气味，滞重、壅塞、沉闷。与现实生活恰恰相反，女病人不爱干净，加上女性的生理周期，卫生状况明显不如男病区好。女病人对我们的到来，没有表示出太多欢迎的热情，对吃食兴趣也不浓。一个个头发蓬乱的女人，眼神很警惕地望着微笑的我们。一团团迷惑的泡沫顺流漂来，二妈的眼神浮现面前，仿佛她也藏身于这群受难的女子之中。心底的绞痛，像墙角渗出的水无声却疾速地爬上来，而朋友关于"生存是场悲剧，必须学会忘记，与那些痛苦沮丧的时刻保持距离"的警告此刻被抛之脑后。

一个皮肤黝黑的男子，一直尾随老张这位"最高长官"，表达他那笨拙的阿谀之意。他又嘿嘿地向我们走近，送来生硬的笑脸。他用力搓着粗糙的双手，盯着发剩下的半包烟。"荣伢崽，你看哪个来了？"老张故意装聋作哑，迟迟不把烟递给他。男子嘿嘿地望了朋友一眼，姿势标准地鞠了个躬后，又蹭到老张的身旁去了。原以为烟瘾大是很多男性病患的共同爱好，但老张告诉我，这里抽烟的病人很少，平时用药的剂量和药性都偏重，对病人的神经有所麻醉，有些抽烟的人反而不抽了。袋子空了，我们和病人之间的情绪都有所缓和，之前流动的防范、敌意、抵触、紧张等情绪被友好的气氛融解，病人各自享受他们的"加餐"去了。

叫荣伢崽的男子正是朋友的表侄，拿到烟的他悄无声息地从我们眼前走开了。朋友说，一个大家族，亲友众多，荣伢崽跟他见面少，几乎没说过几句话。我拿起朋友的单反相机拍照，咔嚓咔嚓的响声让一个穿蓝竖条纹病服的胖男子抢在镜头前搔首弄姿。另一个干瘦的小伙子，小脚裤，白细格衬衣，穿得很精致，寸步不离老张，站姿笔直。这个刚满 21 岁的小伙子名字充满生气——廖一虎。他的父母刚探视离开，站在不锈钢隔离栏前，儿子叮咛母亲，不担心，姆妈好好保重身体！发丝稀落的母亲不停地点头，哀伤的泪水瞬间夺眶而出，泣不成声。

六

当我们走进公共活动室，挂在墙上的电视是唯一的娱乐设施。一些人目光痴痴地望着电视，有的则散乱地转悠着，坐下来，又站起来。来到这里的人，平等相待、和睦相处，没有外面世界里经常遭遇的歧视不公、辱骂殴打，这是否能让他们获得心灵上温暖的慰藉，不再害怕被这个世界抛弃。荣伢崽站在窗户下，外面天光暗淡，雨声收小，他的脸侧面向上，眉头微皱，我在瞅见的那一刻看到了溢出来的忧郁和迷离。

我小心地与他打招呼，看什么？

他淡淡地说，看夜色升起。

我一下没回过神来，又追问道，什么？

他这次回答的又是嘿嘿的笑，很生硬。他抬起夹在指缝间的烟猛抽一口，良久，从鼻孔里潇洒地吐出一个、两个、三个烟圈。烟圈扭动腰肢跑远，他的神色一变，笑的样子很开心，一点都不像是个有病的人。做这一切的时候，他还是望着天空中飘舞的无边无际的雨丝。收回爬到窗外的目光，他朝前方努了努嘴。我转身看到蓝竖条纹男子正敞开衣服，露出鼓鼓的肚皮，跟着电视机里央视 3 频道的流行音乐，走起了 T 台模特秀。他滑稽的表情，蹩脚的猫步，配以幅度很夸张的挺胸、收腹、甩头、摆手、扭臀等动作，我们都报以热烈的掌声。男子盯着"舞台下"的观众，余光则瞟着我手中的相机，不时甩臂指过来，摆出一些造型。细微的"咔嚓"声飘进他的耳朵里，那是此刻能让他心情非常愉悦的声音。

这是群有精神疾病的人？

谁知你我，又来自哪里。

是或不是，这两种回答也许在这里都是行不通的。我穿行其间，愈加惶惑。他们拖着身体的"躯壳"，精神却早已游弋在外。多少个世纪以来，宗教、哲学和医学都在不断寻求解释人类精神疾病这一问题的答案，却毫无定论。人的绝大多数情绪都是负面的，负面的情绪又都是极其个人化的。有一次与人讨论，说写作不就是一件极其个人化的事情吗？照福柯的理论，在一个规训制度中，儿童比成年人更个人化，病人比健康人更个人化，疯子和罪犯比正常人和守法者更具个人化。这让我想到电影《鹅毛笔》中的萨德侯爵，写作淫秽小说并在市井坊间流传甚广，因此被投入疯人院。他在疯人院里以最个人化的方式享受着写作带给他也带给读者的快乐。在外人看来，他的疯狂像一支锋利的长矛，是对拿破仑统治时期的法国，对复辟的封建君王制度，对束缚每一个人的封建礼教的刺破。最终，他的"长矛"被收缴，他从绞刑架下离开这个悲摧的世界。而极具嘲讽意味的是，那位统治阶级的"代言人"医生，表面上处处维护礼教和秩序，背地里却自私、淫荡和虚伪不堪，当看到萨德侯爵的书成为流行读物后，他的大脑"绽裂"，开始组织病人印刷出版牟取暴利……

到了晚饭时间，工作人员推着推车，病人排着两列队伍，轮流上前取饭。香干辣椒炒肉，大白菜，一荤一素，饭钵子堆起老高。饭量大就好，这样服用的药物可以连同消化的食物一起排泄出来，对身体的伤害就会降低。老张满意地看着取饭的病人，像是看着一群自己的孩子。

　　我给老张提出想跟一个思路比较清晰的病者交流，他叫出来荣伢崽。站在窗户下看夜色升起的荣伢崽刚满 40 岁，他走到我面前坐下，略微有些拘束不安，不如在病区里那般淡定。抽完半支烟后，他开始向我讲述他的"病史"。初中没毕业，父亲一句话"读书卵用"就退了学，其实更多是经济局囿，家里姐弟五个，没钱供了。排行老满的他到广东一家服装厂打过工，打工期间参与一次老乡与外地人之间的斗殴被工厂劝退。19 岁那年，他打工返家后借来初中、高中的课本，想复读，这一行为遭到因为考学已经发病的父亲的训斥。他不管不顾，栽着头，逼上梁山般地从早到晚啃书。越急就越读不好，越读不好就越发焦虑烦躁。某天夜里，再次遭到脾气火暴的父亲斥骂时，他一拳打掉了父亲的一颗门牙。那一晚，他烧掉了所有借来的书，揪扯着自己的头发，一根接一根地抽烟。

　　荣伢崽清晰的思路让我感到十分惊讶。过去的事情他讲述得很准确，时间、地点、事由，没法叫人相信这是个患有狂躁症的人。有了第一次发病，他便间歇性地发作，屡屡拳头相向。他把不公命运（没读书的命运）所导致的后果都归结到那个跟老村支书纠缠不休，在家里情绪暴躁的老男人身上。后来，他才发现，这个人已经鬓发斑白，满脸皱纹，年老力衰，被儿子打过几次后就开始躲避，即使是儿子强悍的目光射来，他也会不由自主地哆嗦。我谨慎地避开关于他父亲患病的话题。我和父亲都是吃了性格的亏，太犟，太呆板，太爱顶牛，撞了南墙也不回头，孰料这位儿子谈论精神病父亲时的那份淡然，仿佛是对过往愧疚的解脱。

　　父亲死后，荣伢崽的病情反复发作，不发病的时候，他就外出打工挣钱。结了婚，有两个孩子，大的读一所职业中专，小的念小学，家庭开销大，医生开的药要长期吃，有时嫌贵就"偷工减料"甚至停了。那种叫帕罗西汀的药，小小的白色药片，是许多精神疾病患者常用药物，经常被荣伢崽这样的患者忽视。而忽视的后果只能是病情复发，然后他每年都要到医院来住一段时间。最近的一次外出是年前，经老乡介绍去到一家电子厂上班，三班倒，流水线上的时间枯燥乏味、消磨难受，没吃药总记不住上班的准点时间。有天外出到一高档楼盘售楼部被保安睥视驱赶时，一气之下捡石头把大堂落地玻璃砸了一个窟窿。"赔了钱，出口气，这样又回来了。医生说再住半个月就可以出院了。"他说得很轻松，"我还是要出去打工，细伢子读书要钱，还得靠我。"一个父亲对女儿的心思，在当下和将来，是否能获得女儿内心深处的认同和体谅？

那天下午的雨始终没有停歇，湿漉漉的空气，稀释了病区里的异味。离医院不远的地方，是更加广阔的洞庭湖。湖面上氤氲的阴沉，团团抱抱，推搡追逐，与死亡有关的衰败气息在暗处发酵。谈话结束，荣伢崽从裤兜摸出一根烟，借火点燃，与我挥手告别。身后的不锈钢门"咣当"关上。这声音仿佛把这个现实的世界隔断成两半，"荣伢崽"们跨进这扇门，回到他们的世界，与无数活在我们中间的人不同，他们向回不去的世界闩上门，紧闭不出。我不知道，等待夜色升起的时刻，那些时光沉默的晚上，每张床是否都会与他们说话，每面墙是否都可以打开一扇门。

七

回城的车上，车窗紧闭，一片沉寂，我却感到有一股仿佛从恐惧内部奔泄出来的风，锐利地滑过来，荡过去。我开始有些后悔在精神病院度过的一个下午时光。一张张时而模糊时而清晰的脸，陌生而又熟悉，他们变身为球状黑暗之物，一锤锤砸过来，砸得我的心脏硬邦邦地疼。时针指向深夜某个角落，偶有过往车辆尖细的喘息锐利地划破沉沉夜幕，广袤无边的夜色紧扼那些彩灯闪烁的长长街道，仿佛一条看不见尽头的食道，随时就把这世上冒失者吐出的声响，生吞活剥，消弭干净，连骨头也不吐出。

那些待在角落里的人，是不是被侮辱和欺凌的冒失者？是不是最无力的遗弃者？我反复给自己提出这个模糊又具体的问题，却从没获得任何声音的回答。

第二辑

水的行走

屋脊塔

一

那是一片灰扑扑的老城区，黑色的、赭色的屋脊，高低交错，覆盖倾轧，波浪翻滚。目光投过去，屋脊把一块块光折射到远处的天幕、山峦、湖泊，瞬间刺痛眼睛。

塔就站在一眼望不见尽头的"波浪"之上。瘦削的身体，穿一身褶皱青衣，脸色永远苍白。它望着眼皮底下的屋脊，一声不吭，像个落魄男，换个角度，又变成一位风韵犹存却伶仃寡欢的失魂女，冷冰冰地打量这个斑斓世界，却如何也兴奋不起来。

这座塔，记录了我对这座城市的最初印象。20年前，我懵懂无知地"探"进这座城市。成长于乡野之地的少年，13岁离家，尚未脱去稚气，硬生生地闯入一方不知日后将会发生怎样密切关系的新天地。那时候，我乘坐的大客车要搭上轮渡才能抵达城市。汽车排着老长的队伍等待，把前面的车挤上船，然后等着后面的车把自己挤上去。我在车上脖子伸长，也看不清城市的面目，只能眺望车窗外一湖阔朗的水波。

我从小在水边上长大，但水与水是不同的。溪入河，湖入江，归于海，儿时课文中的书写，让水拥有了不同的气质与姿态。流年似水，水付流年。这座城市的古老与盛名，也依赖于一湖水的源远流长，和水在遥远岁月独占的交通优势。我的中学语文老师，一个严肃的老头。好些次去他们家蹭饭吃的餐桌上，他侃侃谈到未来我必将通过的这座城市，提到了水的北通巫峡、南极潇湘，水的朝晖夕阴、气象万千，但我却记往了他只用简单几句话描述的那座塔——"日出之初，影射重湖，镇洞庭水孽"。他把这行字写在纸上又轻轻地擦去，淡淡的字迹在我的脑海中翻荡成一幕幕儿时连环画上看到的影像，灾难、搏斗、吞噬、献祭、平息、宁静……我还好奇那"妖孽"存在的真假、长相的美丑（多数是狰狞恐怖）、搏斗的输赢，直到追逐新的好奇将此覆盖。

水挑拨起我对塔的向往。在我"渡"到这座城市的漫长分秒中，呆立水边的塔，在旁人的指点下，若隐若现，塔撑起的那片天地，紧紧攫住我的目光。被时光遗失的旧物，在水的波光浪影中，戴上一道神秘而模糊的光环。

到城里学校安顿好不久，我就向人打听塔的准确地址和前往方式。那时没有百度、高德等导航之说，嘴巴是唯一的向导。我那些从各地聚集的同学，似乎少有人听说过塔的名字，这让我有了一种莫名其妙的骄傲感。但当我夹着鹦鹉学舌的普通话向本地人询问时，平翘不分的发音，他人眼神中飘过的嘲笑之情，模棱两可的回答，又严重挫伤了我的自尊心。

彷徨、犹豫，像一团浓密的烟雾挥之不散。那些不尽如人意的描述，让一个初来乍到的少年极容易迷失在并不宽阔但纵横交错的街道上。地名的生疏、路线的重叠，反而让脑子一片糊涂，一次次求证，我在纸上画下一根根长短不一标示距离的线条。这成了我手绘的第一张地图，跟随夏天的尾巴生长出来才完成。

我终于决定在一天下午出发，去看看"离得不远"的塔。我从位于城中央的学校走出，顶着再度进攻的茂盛暑热。路经的服装店、餐馆、商场，我毫无兴致光顾它们。那时的公共交通不发达，我也压根没打算掏出少有的几个零花钱替代我那健康的双腿。汗涔涔的手，不时从裤兜里掏出一张正反两面都画着路线图的纸。纸面的褶皱，跟脚下的路面一样坎坷不平。我摸不准走了多长时间。夜色渐渐衰微，从纸上延伸到眼前的这条路，杂草、麻石、沙砾、坑洼，磕绊着我的脚步。后来我走上一条沿湖道路，岸边齐腰深的青草翠叶，在湖风的挥舞中左摇右摆。圆日吻着水际线，发出越来越暗红的光，沉落的速度越来越快，我扎紧身子向前走，道路另一侧高大楼群、茂盛林木之间的光线刹那间变得暗淡。

手绘地图变得不再可靠，嘴巴当起了"向导"。"沿着这条路往前走，过两个路口。""到前面杂货店往左拐，下一个路口再右转。"……没有东南西北之分，没有某某路名之说，一直是这座城市居民固执的指路之法。我琢磨着"快了快了"，便催促着自己加快速度，却又在视野里搜索不到塔的存在。抵达似乎变成一件越来越遥远的事。我一点都没心情欣赏远处湖面上金光万道的迷人景致，只看到宏阔的湖面像头巨兽，张开褐红色的嘴，吞掉落日，直接吐出一缕缕淡淡的墨液泼满天空。

二

一条狭长的路在脚下悄然铺开，两边的店面里有几家闪出模糊的光，经年积压混杂的鱼腥味弥漫。气味里会跳出鱼折腾着身体和内脏污秽的画面。路的尽头是一团无法判知方向的墨黑。

"到了鱼巷子，就离塔不远了。"问询者的答案符合此刻的场景。鱼巷子是水边上的一个集市，过去多少年了，那些渔民打鱼上岸，就在附近交易，久而久之成为远近闻名的鱼市。不安的内心，迫切地需要证实离塔的远近。一家渔具店前，几张小方凳拼成的饭桌上剩几枚空碗，一个肤色黧黑光膀子的老男人打着酒嗝。女主人撤走那盏光焰如花骨朵般的油灯，我们眼前的光亮一下湮没在黑暗之中。我怯怯地问："这离……塔还有多远？"老男人悠哉地晃着他屁股下那张吱呀作响的摇椅，舌尖在齿缝间剔寻残余的菜渣。他瞟了瞟面前满头大汗的少年，骄傲地笑着，然后吐出猜谜般的八个字："远在天边，近在眼前。"

他的回答让我欣喜地抬头四顾，却又很快掉进一口枯深的窨井。眼前是一片静谧，黑黢黢的静谧。我只能借着星星点点的亮光，勉强辨识路边近处的水泥电线杆、挑起的屋檐、伸出来的店铺棚罩，却看不到"近在眼前"的塔。后来被我证实，塔离我的直线距离不过两三百米，升起的浓密夜色，把塔隐匿进一片虚无之中。

可怜的我睁大眼睛，在微熹的亮光下辨认着那一排排老屋，阒寂无声，似乎一挨夜，人与房子就整齐地坠入了梦乡。一片片屋脊，像泼开的墨，往夜晚这张铺了底色的大宣纸另一头跑。塔呢，站在屋脊上，轮廓线向四周漫开，一花眼就融化在夜色中。

待我懊恼地离开，夜幕下一个声音拦住了我的脚步，"喂！"，我站在声音面前，等待更多的声音从夜色的海底游上来，可光膀子老男人只是冲我挥了挥手，我把那理解为催促我离开。他的奇怪之举，让莫名的恐惧潮汐般占领身体，我加快步履幅度，然后，忘记正在进攻的饥饿和疲倦，撒开腿奔跑起来。

出发前的满怀欣喜，像一团即将熄灭的火焰，冷恹恹地扑闪着。陌生的城市，陌生的街道，陌生的夜色，一次次冲撞我内心的堤防，我拼命顶着，找来各种可以撑挡的坚硬物体。放弃是可耻的，成功历来距离失败仅一步之遥，我默念曾经摘抄在日记本上的励志句子告诫自己。你可以想象，一个少年，为了一次抵达，要走过多么繁复的心路，经历一场千情万绪的战斗。

我与塔的第一次遭遇这般潦草地结束。长在屋脊上的塔，屋脊塔。这是我篡改的称谓。它匍匐在我记忆的丛林深处，杂草凄凄，满身孤独，蛊魅摇荡，被时光的洪流掩盖。

三

20 年后，我离开这座城市，挥之不去的城市影像里，众多的建筑标识、人事往来，在脑海中你起我落、熙熙攘攘，而塔的形象一直是跟随着夜色、溽热和老男人的怪举抵达的。这 20 年，我也说不上有过多少次一个人或陪外来朋友看塔的经历，每一次的场景仿佛都是流动的，只有塔寂寞而淡定地站在那里，看着奇奇怪怪的人们在老街上走来走去。

"砖石结构，楼阁式，七级八方，实心，塔基、塔身和塔顶三部分组成，整个塔高度为 35 米（也有通高 39 米之说，数字的差别不知从何说起），占地 64 平方米。"这是输入塔名三个字即可百度而知的讯息。谁也没有登上过塔，去眺望水的风光，塔的实心，注定它只能简单成为这座古城的一个特定坐标。水在老城区画下一道边界，城市长大的步履，在这里停下，只有不断地往东走，越走越远，日新月异，而沧桑的老街则愈加沉寂冷清。但老居民和外来者，每每谈起这座城市，都无法回避塔的存在。他们需要从塔出发，像寻找宝藏的入口一样，才能拼凑出一个记忆中的城与市。

塔的四周拥簇着密集的院落和民居。人间烟火一年四季熏染着它。黄昏时分，一些不知名的飞鸟，一拨飞走一拨飞来，绕匝着塔尖这一圆心，力气饱满地旋转。

1956 年，塔跻身"省级重点文物单位"名录，还确定了"塔东面 15 米，西、北、南三方向外延伸 40 米为保护范围"。这些文件上的规定，在实际中走了样。四周矮小的房屋将塔紧紧地束缚，周边与房子的距离不超过一米。这是让很多人产生塔长在屋脊之上的错觉的根本原因。

年代久远的房子，破旧，褊狭，黯淡，有的捡拾得井井有条，有的则显得凌乱不堪。雨季过后，沿线房屋的石墙基座争先恐后地长出青苔，这些深绿色的生命，见缝插针，从砖缝间一丛一丛地盛开，还残留着前些时日的雨水，昔日的繁华像毛茸茸的苔藓中的蜉蝣过客，只剩下今日的冷落。塔身转角倚柱处摇曳着一丛丛蓬乱的青草，砖缝间的青苔点缀，平添了几分凄凉之感。

年过七旬的老头曹岳欣，喜欢坐在他阴暗逼仄的房子门口，尽其所知地跟来访的人闲聊有关塔的一切。这是个热情的老头，在当地报纸的报道中曾经出现过多次。13岁学艺，省吃俭用，买房安家，在塔下几十年一晃而过。塔、房屋变旧了，那些熟悉的老邻居都变没了。老头叹气，声音在弯曲的巷壁上碰撞，拖一个长尾巴跑远。跟着他去认巷弄里的老建筑，坡下的一栋两层木楼，百年历史，保存较好，但空无一人，解放前屠户出身的主人早已辞世，70多岁的儿子退休后住在单位分的小区里，也不租卖传家的祖屋，只是让它独自承受着岁月的风吹雨打。

某一次，我路过，又钻进巷弄，塔下站着一个头发稀落的男子，他那颗略微偏大的头，安在一个矮瘦的躯体上，给人以滑稽之感。他抬着头，嘴里排列着一串阿拉伯数字。看到从瓦檐下走出来的我，他望了一眼，又接着数，一根粗壮的手指在空中点击着。他神情严肃，旁若无人，仿佛是一场正式演出。

我不敢冒失发笑。我不清楚他在数什么，很好奇地站在他的身后，似乎也加入到演出之中。每当他数数的数位在向上增长之后，我发现，他会跳开，或者又回到一个莫名的地方重新开始。曹爹从石阶下的屋里推门走出来，吆喝着男子"回家"，然后冲我使了个眼色，朝脑袋示意。"嚯，嚯！八万八！"男子嘻哈哈地笑了，嘴角竟然不自觉地淌下一缕淡淡的涎水。

曹爹的眼神，让我明白了男子的怪异举动。他可能是这条老街上的老居民，想数清楚塔是由多少块砖垒起。青灰色的砖，一块块重叠，从来没有人想过要知道塔砖的真实数量，只有一个智障者。

确实没有人去认真思考过，这座塔究竟要垒砌多少青砖。这是个多么无聊的念头。侵蚀、松动、风化的一些砖块经常会在夜晚坠落在四周的屋顶之上,不堪一击的屋瓦,有的被砸裂,一到雨天就闯祸漏水。家境不好的家户主人就去找街道和社区的干部。干部们经常为此愠怒,可怜巴巴的办公经费填补不了几个裂漏,这些房子搬不动,居民不愿迁走,补偿的标准永远不会让整条街的人满意。

四

塔一路走来,它的名字、出身、变迁,常被人们争议或遗忘。历史、传说、战乱,模糊了追证的准确性。有关塔的考据,一度被这座城市里几个热爱历史的老头争得面红耳赤,"晋创""唐建""宋造",争议的还有:一说是压邪的风水塔;二说是礼佛的佛塔,没有定论,唯一无法辩驳的事实是活生生站在眼前的塔本身。

与那些反复考据过的史料比照,我更喜欢口头相传的传说:从前,水妖作怪,老百姓苦不堪言,决定集资建座宝塔镇妖。附近一户人家,家人被水妖涌起的恶浪吞没,仅剩下寡妇慈氏。听说要建塔,她便把多年积蓄的钱全部捐献,还昼夜前往工地为造塔的人烧茶送水,人们为了纪念她,就以她的名字给塔命名。而另一个传说,说的是建塔竣工之日,修建者提议,要让塔显灵,则需要一个童男或童女守塔育魂,慈氏之女勇敢站出来完成了生命献祭。

慈氏之名从此流传的版本还来自弥勒梵音"梅怛丽耶"的翻译。"梅怛丽耶"这一美丽的乳名,源于一位名为孟珙之人的佛心。孟珙何许人也?一次次抚摸塔下方的碑铭,字体凹陷,字迹暗淡,凑得很近方可辨认那盖棺定论的说法:南宋淳祐二年(1242 年),孟珙同时建寺、塔。身为随州枣阳人的孟珙,出生武将世家,曾率领父亲留下的"忠顺军"于荆襄、洞庭湖一带与金、蒙军队战斗百余次，建立了轰轰烈烈的英名。《宋史·孟珙传》记载："珙忠君体国，可贯金石。远货色，绝滋味。亦通佛学，号'无庵居士'。"这位虔诚的佛教信徒，在战争期间发动当地商贾、豪绅募集资金，采用青砖修建了这座楼阁式宝塔，立塔教化后人"善良为本，慈悲为怀"，并以弥勒佛之意命名。塔身砖石垒实，八方不留缝隙，则表达出他抗击元军、收复河山的坚强决心。

　　我在图书馆翻阅塔的"前世"，眼前时常会浮出另一种景象——孟珙将军对佛塔的装饰十分考究，他从第一层起，在每层东、西、南、北四个方向外各建一佛龛，全塔共建 28 个佛龛，里面各用青铜铸造一尊释迦牟尼佛像供奉其间。塔顶用黄金铸造了近 2 米高的圆柱，柱顶立一金质圆球，在太阳的照射下金光璀璨，意谓"佛光普照""法轮常转"。每层八角檐上各挂了一个用紫铜打造的"法钟"，湖风吹来，铜钟自鸣，意谓"警钟唤醒梦中人"。而如今呈现的，佛像、佛龛、铜钟、金顶早已不见踪影，被时间抢掠一空的塔，只剩下建筑最初的式样。

　　2014 年 4 月，也就是我离开后不久，文物管理部门开始着手整饬塔的硬伤和塔下的环境。家家户户墙壁上鲜红的数字，装在一个歪斜的圆圈里。有据可考的大事记里，南宋淳祐二年及以后的元、明、清各朝均对塔进行了不同程度的维修，最后一次是清嘉庆二十四年（1819 年）。这意味着距离最近的一次维修已是 195 年前的事了。

　　再看到遍体鳞伤的塔，被锈迹斑驳的钢管包围，像困在厚茧中的蛾蛹。搭起来的脚手架，塞满了通道。过往的人必须小心翼翼地穿行。入巷口破产改制的水运公司的旧办公楼刚经历过一场灾祸，标牌上的设计图样是它未来的面貌，塔下民居的屋顶破损在大面积修补，尤其是塔自身的加固和修复，都将是空前的。当地媒体持续关注这一维修大动作，不时往外透露进展和发现——

"根据搭架实测的现场观察和调查了解，发现在塔身第五层北、第七层西壁龛中均保存有完整的佛像；第四层南、北两侧，第五层西侧，第六层南侧、西侧等，都发现有佛像残片。此次实测共发现完整的佛像三尊、基本完整的两尊、半身的三尊。这些佛像为陶质，有明显的彩绘痕迹，且形态各异。经专家初步鉴定，保存完整的三尊佛像价值较高，其时代不会晚于明代。

尤为可喜的是，还在第四层南面和西面壁龛中发现了石刻碑文和铭文砖等重要文物，详细地记载了嘉庆二十四年（1819）维修的情况和承修人、监工、工匠和塑造二十四尊佛像人的姓名等，填补了该塔维修史中的空白。"

当读到这则新闻的时候，我非常纳闷：这么多年来，竟然没有人发现这些？

我与在现场报道的媒体朋友探讨这一话题，会很深地感慨地方文物保护意识的淡薄，又惊叹塔的种种神奇。抗日战争爆发后，日军几度摧之而未毁。1937 年到 1938 年间，日军飞机先后在城区投弹 30 多次，南津港铁路桥、洞庭路、柴家岭、油炸岭、乾明寺街、南岳坡、梅溪桥等地大量房屋被毁，街道几近废墟，而塔兀自岿然不动。1940 年，日军进城后，欲进塔寻宝却找不到塔身入口，遂采用小钢炮轰炸的办法，所幸的是除第二层塔身上留下几个小洞外依旧屹立未毁。朋友说就此事求证过一些史料和当地老人，言说一致。

"那是佛祖的护佑。"说话的陈姓老人，住在塔左下方的一独门独户的小院。我敲门而入时，院里香火飘绕，供奉平安。他自称祖辈几代安家这里，最有发言权。他的曾祖父进城学艺，攒钱买下这小院，看中的就是塔的吉祥，有佛光的照耀。他聊起"文化大革命"期间，破四旧的"红卫兵"与"造反派"达成共识，要拆除这座迷信之塔，以示"革命"决心。塔的四周搭起了赶制的脚梯，盛气凌人的小将们要从塔顶一层层剥落迷昧人民群众的象征。关键时刻，来自中南海周恩来总理的一道"必须保护国家重点文物古迹的重要指示"，保住了这孤苦的生命。"这也是佛祖的护佑。不然的话今天早看不到塔了。"老人的语气不容置疑。但当提到那些没有被日寇盗走的八角塔檐上的紫铜"法钟"和佛龛内的多尊佛像时，他摇摇头，说不清去向，眼神里浮现一片茫然。

五

老城区越来越看不到活泼的气息，像一群嗜睡的耄耋老翁，天色擦黑就困倦了，而塔，也半睡半醒，无精打采。

2013 年 7 月中旬的一个晚上，离塔 10 余米远的民居发生了火灾，一场冲天大火，让附近的人们从梦中惊慌失措地爬起来。木质结构的房子一旦着火就难以控制，人们眼睁睁地看着火势迅速蔓延，呼啸的消防车从狭窄的通道艰难驶近着火点，奋力扑救之下还是有四户人家烧成灰烬。扑腾的火舌，呼哧，刺啦，啸成一道锐利的声响震荡人们的耳膜。火光舔舐着塔瘦弱的身躯和苍白的脸庞。多少年来，它在夜晚从未如此耀眼过。

塔最终安然无恙。事后查实，又是一起因电线老化造成的火灾。知情人站出来叹息，被烧的房屋是民国时期的建筑，过去是水运公司的办公楼，后来被一些员工瓜分居住甚至转租，彻底成了民宅。这一片的房子哪一间不是有着可追溯的时光。让惊悸未定的人们耿耿于怀的是，在这片老城区，同类起因的火灾一年总有那么或大或小的几起发生。旧房子无法拆建，使用多年的水管电线都变得弱不禁风。没有人管，也没人管得了。对老街文物保护的规定、拆迁蛮建的巨大经济成本、纷繁复杂的群众工作，成为一把"双刃剑"。摆在人们面前最棘手的是那些茂密的房子，房挨房、栋接栋，火灾极易吞噬掉这些为许多人遮风挡雨的家。

火是塔的敌人，自古往今有多少精致的木塔毁于一场场火灾。我从有关中国建筑史的书籍中可以翻读到，中国古塔是东汉时期随佛教从印度传入的，是印度佛教建筑"窣堵坡"（坟冢）与中国传统阁楼建筑相结合的产物。而中国早期的塔都是木塔，且多为阁楼式或亭阁式，形成了具有中国特色的塔式建筑。我曾固执地想象，木塔的易腐蚀、易虫蛀、易火灾，让矗立眼前的它也没能逃脱毁灭重生的宿命。

远离城市的密集灯火，塔身处环境显得格外幽静孤寂。居住在周边的居民，大多数是些有传统手艺的老人和那些被破产改制企业淘汰的中年人——在那些曾经红火的冰棒厂、百货公司、五交化公司等工厂单位进进出出，日子殷实，生活安泰，而如今，潮湿、破漏、黑暗、孤独、疾病，伴随他们在十几平方米的旧宅里重复着杯盘羞涩的起居。病痛的咳吟，悲伤的喘息，在这里回荡成更为幽冥的孤独。我认识的一对夫妻，双双下岗后靠打零工维持一家人的生计，上有90多岁的母亲，下有尚在求学的儿子。他们家唯一的电器是一台淘汰的二手彩电，十八英寸，球面屏幕，画面变形厉害。在这一区域，这般经济状况的家庭比比皆是，贫富差距让脚步缓慢的老一辈人被束之高阁，"儿女"这一代年轻人从这里的出走，就成了他们的希望。

塔怀着复杂的感情，看着那些面色如云翳般愁展不开的人。我去的次数多了，有时就坐在几个老人中间，听他们七嘴八舌，记忆之闸泄洪，泥沙俱下，唇齿之间，命运沉浮。

一个年轻的父亲，甩下幼稚的儿子，沿着湖岸往南，走上继续往南的铁轨，在塔的注视下走远。无业游民、懦弱寡言、性格乖戾，妻子跑了、老父多病、孩子智障，种种不幸接踵而来光顾他的人生。人们议论着他出走的冲动，和他还会不会回来。他干瘦的儿子在一旁冷不丁地插嘴："我爸爸会回来的，他不会迷路的。他看到塔就找到自己的家了。"人们一阵哑然，掉进一片愕然之中。

独居的老妇孺，从不让人跨进她的家门。据说她年轻时貌美娇艳，迷死了不少志在必得的英俊青年，她却喜欢上一位其貌不扬的有妇之夫。那男的居然为了这份爱狠心毒死发妻并抛尸湖中，然后高调对外宣称妻子不忠跟人跑了。死者娘家兄弟不肯相信，请来法师向塔请灵，碗里的清水竟然瞬间显现女人的愁容，纸条沉入碗底，法师由此得出遭人谋害的结论。娘家兄弟花钱请人四处搜寻，最后意外地从下游渔民打捞的弃尸中认出了遇害的女人。正秘密准备新婚的男人慌了神，惶惶不可终日，最终把罪行向心仪的年轻女子吐露。女子在与他行过夫妻之礼后的早晨，把公安带到了他面前。那时正碰上全国范围的严打，男的很快被判处死刑。这个老实男人的恶行一度轰动整条街道，那些未能掳获女子之心的人幸灾乐祸，暗地拼凑出男人毒害妻子的若干版本。苦了女人背负了一个道德不良、心残情狠的不祥名声，遭人唾弃，此后多年她就守着这桩未开始就夭折了的婚姻。很多人从没听过她开口说话，据传她的声音像百灵鸟一样的愉悦动听……

千奇百式的人生故事，在塔前街上摸爬滚打，也许还有些闻所未闻、骇人听闻的秘密被埋进死人的嘴里，塔是唯一见证者，但它只张开巨大的口袋，一把把抓起人们的喜怒哀乐，抓进去那些欢情、绝望、龌龊、耻辱……悉数封存在时间的蜂箱里。

六

宝塔巷、上马家湾、下马家湾、羊叉街、君山巷。这些名字都在某个时间节点上与这座湖南境内最早的砖塔共存过，可现在你却找不见标牌，这些名字只保留在老人的口头和记忆里。解不开的历史深处的时间咒语，只有当你真实地走到塔的身边，你看着它守望的苍凉，内心的波纹向外扩散，然后消逝。北边的街河口、鱼巷子，在没修铁路之前，披着露水的渔民踩着湿漉漉的青石板上岸，就地交易，安家落户，至今巷口附近还保存着一幢有上百年历史的破旧小祠堂。地名的得来与消失，已为越来越多的人所忘记，却都在塔的记忆里有着清晰的来龙去脉。

塔的对街是一个现代兴建的基督教堂。街区的很大一部分人，在生活的底层努力拼搏或随波逐流，既柔软又坚韧的孤独，是他们日常生活的底色。

塔只是无奈地看着那些平庸的人，穿梭于深邃的门厅之间，把一声声悲叹丢进风中。

屡次望及老城区，我始终有着难以释怀的抵触情绪。我的同学朱某，老家是农村的，成绩优异，学生会干部，毕业后跳"龙门"留下来的，工作能力强，一年半后调到了离塔不远的小学担任教务主任。一天深夜，他在校园里的教师宿舍里意外身亡。次日下午的课堂上没有出现他的身影，同事去拍他的房门，从锁洞里看到了恐怖的一幕：他横卧在地上，脖子上绕着一根崭新的麻绳，平日微凸的眼珠向外更加暴露。人命关天，学校顿时闹得沸沸扬扬。报案一星期后，区公安局下的结论是自杀。他的家人、同事，以及散落在城市里平日联络较多的同学，都对此说法深表质疑。性格开朗，几天前还跟人把酒换盏，看不到有半丝痛苦隐秘以至自行了断的迹象，况且要自己用一根绳子勒颈窒息，这需要多大的勇气，那是多大的赴死决心。

同学之间唯一能做的是，在他的出殡仪式上去到了离城百余里的乡间见最后一面。那实在是个太普通不过的农家，朱同学分配到城里工作，这是他全家上下为之振奋和骄傲的事，如果不出意外，如今的他应该是一所城区学校的校长，或者是调到区教育局或政府机关部门从事行政工作。但一切的可叙述性都止步于那个离奇的夜晚。出殡前夜，乡间的葬仪一个程序也不少地消磨着浓稠的时光，拥挤的悲伤在亲友乡邻中撕裂成长长的泣诉。一路颠簸的我们毫无困意，依然纠结于探寻死亡前的细节。

霸道的死亡不会撤销，后来相当长的一段日子，同学之间相互提醒、保存着那一缕忧伤。大家传递着从各种途径打探到的讯息。传得最多的是，朱同学无意中知晓某个致命秘密，被人蓄意谋杀；性情耿直的他得罪了黑社会后被杀，个中缘由却语焉不详。后一种说法被普遍认同，在老城区有太多的黑恶势力发生着千丝万缕的关系，自杀现场的制造非一般人可为。也许，塔是一个忠实的目击者，我们仇视的目光抛向它也毫无回应。几百年来，这座城市形形色色的死亡，塔都目睹过，但它选择了沉默缄语，让时间把死亡连同秘密埋在塔心里。

七

喜欢摄影的朋友一直在关注老城区改造项目的进展，说了多年却变化多端进度缓慢。他是想用光影记录一个生命体的消亡和诞生。电话里朋友告诉我，项目启动又停下了，巨大的拆迁和建设成本，"房地产行业禁令频出"这道魔咒无法破解。听不出他的语气到底是高兴还是担忧。一切又回归原貌，日子重复日子。

街道两旁，那些一成不变的店面——打包带批发、刻字厂、打渔佬特色渔馆、江清侠中西结合门诊、好帮手清洁用品批发、牙科诊所、兴旺布行……破旧的屋瓦上尘灰叠积，茅草茂盛，店面前门可罗雀。穿过房屋丛中的任意一条窄巷，人们可以走到湖边，目睹水逝不返的现实场景，凭吊一下心中那些忧郁的往事。

塔的视线，往南延伸可至京广铁路线，火车经年累月地奔跑、呼啸，浅浅地隐没于一条矮矮的隧洞。常有三五成群的鸟，栖身于塔檐上，又眨眼间腾空而起，向着声响的方向。仿佛那骇人的声响是从鸟小小的躯体里发出的。

最近一次去看塔，与一场暴雨不期而遇。隔着车窗，雨水哗哗地冲刷着车顶、玻璃，也浇洗着塔前街上的尘灰。这条路做过一次修补，已告别曾经的泥泞坑洼，但少数几个路面凹陷处，车轮疾驶而过，溅起一道长长的弧形水花。

加上气温升降无常，让这座城市的四季不再分明，短袖衬衫一跃就套上厚毛衣长外套。季节的减法，省略了太多美的展示。塔在萧索凉冷的天气，会更显得老沉萎顿。塔前街上的人，都习惯了这种寒碜、贫弱、世态炎凉、生老病死。塔是这城市最大的孤独者，聚集着一群彼此孤独的人。这让我想起几年前未完成的一首诗作与它有关：我偏爱屋脊塔的孤独，/我偏爱描摹低空飞翔的身姿，/我偏爱嗜酒者说出半生的秘密，/我偏爱鸟儿连根拔起它所撞见的悲惨命运……我诵念它们的干寞声音，被雨水一行行打湿。

雨刮器发出的刺耳之音，在弯曲的耳道里横冲直撞。天光晦涩不明，车内空气沉闷，我犹豫着是继续晕晕沉沉地等待，还是撤离。短暂的清晰视野里，看不到平日那些闲散的人，雨水纠缠不清地织出一张大幕，一切都那么模糊地存在着——塔，依旧无限孤独地站在望不见尽头的屋脊之上。

梵净山时光

对一座山的认识不仅仅需要时间。有的人一辈子也走不出山的环绕，而有机缘的外来者能一瞬间洞察山的秘密，触摸到山的脉搏。

比如眼前，梵净山，有一个素雅、清洁的名字，似乎能安抚每一颗浮躁的心灵。当我们这群漫游者谈笑风生地从各地于此相遇、走近她的时候，内心的震惊一下掉进了失语的深井。我也曾想象，那些在时光深处存在过，如同我一样的人，都在这里完成一次未曾谋面的相遇。呼吸过梵净山的呼吸，畅饮过梵净山的山泉。或者，被纷繁复杂的世俗生活所搁浅的人们，记忆在这里打上马赛克，成为生命之中的盲区。

凌晨五点左右的雷雨交加，把我从酣睡中唤醒。外面天色模糊阴暗，我所居住的客栈是一座四合大院，院子里有一人工水潭，取名养生池，它很巧妙地告诉我们，到了佛教圣地，一切言语都会有神灵的向导。按照规划建制的木质结构房子，屋顶是石质砖板垒叠，从屋檐垂落的水声格外响亮。不隔音的楼板，传来同行者的辗转与轻叹。

晨光在雨声中绽裂。客栈内的人陆续起床，雨不依不饶。仿佛无休止的雨，真会成为阻挡我们完成一个仪式的羁绊，近在咫尺的梵净山，是以怎样的理由拒绝我们的朝拜。心迹不一的我们都翘首以待一个奇迹的诞生。

对于这座佛教名山的景仰，来自它顶着"天下众名岳之宗"的光环，还有梵刹庙宇云集，诞生"四大皇庵四十八脚庵"的记载。发轫于唐宋，兴旺于明清，万千善男信女天南海北、接踵而至，梵净山在时光深处走出一道庞大的背影。

这道背影被光照出诸多褶皱，褶皱隐藏着无数惊喜。几天来，我们就跟随着梵净山绵延的身躯，在山脚下盘桓。从印江的朗溪、合水、永义、新业、团龙到黑湾河，这些陌生的地名，马不停蹄地行走，帮我们完成了仪式之前的情感积蓄，又在夜深人静的时刻开始在心灵的底片上显影——沿着青石板路，土司遗址上所剩无几的建筑，在嚼食人间烟火中依然保存着那份古朴。历经百年风雨的兴隆桥，经年不息地听着细水长流的喜怒哀乐。蔡氏古法造纸的七十二道烦琐工序，把时间包装进一沓沓轻薄的纸张之中。还有梵净山西麓孤独守望了 1400 年的紫薇树，树冠荫蔽，筋骨嶙峋，只开花，不结籽，不繁衍，中国唯一仅存和 34 米的高度让人万分感慨……

更让人感到一种神秘力量潜伏的是，抵达山脚下这片旅游村寨时的那份宁静，旷远，沁凉。由远而近，将我紧紧裹住。黑湾河的水清澈冰凉，拐弯抹角地从山的深处出来，撒开千万只脚丫子在凹凸不平的石滩上跑，奔赴远方的聚会。视线无法企及的远方，只能在脑海中浮现。抬头可见的是山上的绿，层层叠叠，颜色参差，仿佛是无数支油彩笔长年累月地在梵净山这块画布上均匀地涂抹，又似变幻的时光在这里完成的最纯粹的一次剥离与积聚，绿色的聚变。

而这一切，都只是朝拜梵净山的前奏。

客栈老板一个电话，帮我们打探到"山上天气晴好"。一下子扫去蒙在心头的阴霾，刺激我们内心的始初愿望。冒雨出发，披云戴雾，去登临那山巅之上的金顶。

时间的紧凑，让我们选择了 25 分钟的缆车车程。山上雨停的时间不久，雨珠还悬挂在透明的车窗上。一颗雨珠折射出一座不同的梵净山。窗外像影片般变换着不同的景色，同行的本地朋友拉拉杂杂地谈论着梵净山的乳名、逸事，絮叨着山上金顶周围分布的万卷经书、蘑菇石等奇特岩石景观，还有云海的壮美，佛光的神秘。

山上天气并未完全晴好，云雾大军压阵，拥挤在山谷，又缭绕到山腰之上。视域里的茫茫林海，时而清晰可见，时而隐藏模糊，摇荡成一片片厚薄不同的绿色。缆车在某一时刻仿佛静止在高悬的空中。当景色被山雾遮挡，就焦急缆车的缓慢，而到云开见日、云海翻腾的壮美远离时，又叹息行进得太快。

迫不及待地下缆车，站在观景台上定睛瞻望，只见缠绕远处山腰的无际白云，如朵朵妖娆绽裂的棉花，被云幕深处的阳光穿越，光亮而灿美。飘浮近处山脚的云雾像清溪中的薄洗轻纱，伸手即可捞起一缕芬芳。偶尔有尖尖的山峦，耐不住寂寞，跳出云海，露出一角峥嵘。

没有人说得清这座山到底收藏了多少时光的秘密。栈道两旁的宣传牌，向人们揭示更多的不为人知。庞大的山体，2600 余种生物种类，在这"一山有四季，十里不同天"的地方共生共死。珙桐、鹅掌楸、冷杉、香果，这些濒临灭绝的树种，混生在成片的杜鹃树之中，与那些隐没大山之中的动物昆虫声息相闻。有"世界独生子"之称的黔金丝猴，被统计全球只剩 750 只左右，也仅仅生活在这里……还有太多不该省略的生命个体，时光在它们的身体里储存，也被它们消费。在这生命的大舞台上，腐烂与新生，繁荣与枯谢，大自然的鬼斧神工、妙手天成，让人类的一切艺术创作都黯然失色。

"隐藏一片树叶的最好地点是树林。"博尔赫斯的告诫，在梵净山无须验证。如果不是那一条条被无数双手脚开辟出来的栈道，一个外来者都极其容易消失在这片丛林之中。

一路向上，前方是声名显赫的金顶。我们互相鼓动着开始上行，尽管前两天的劳顿为前进的脚步增添了几许沉重，但金顶散发出的磁力，足够让我们不轻言放弃。弯曲的人工栈道，有的是木塑板铺就，有的是依山就势凿成的石道。山上的冷风，把雾团吹过来，缠到我们的发梢上，挂成一行行湿珠，手指轻轻触碰，它就落地碎裂。

时间不起波澜，仿佛已经凝固，我们的脚步走在它的前面。几经辗转，先到达的是蘑菇石景点。天气陡然阴霾，只看得到灰蒙蒙的石影，坚强地矗立在那里。我们小心翼翼地走近，留下一张张灰蒙蒙的影像。而雾气越来越浓，同行者中有人打起了退堂鼓。那些缥缈的雾气缠住了脚步，额头、前胸、后背、手臂，每一寸肌肤都像春天受潮的墙角，渗出细密的水液。体能的下降，对攀登者是一次考验。"不到长城非好汉"的气概横亘心中，一小队坚持者继续前往最后的高地。

90 余米高的金顶，却是在海拔 2493 米之上。这两个数字，看似那么不对称，但它们被大自然神奇地叠加到了一起。

上行的栈道越来越窄，越来越陡。在岩石丛中弯绕，一不小心抬头，就会碰着前面一个人的脚跟，或者犄角似的石头。雨雾垂挂在岩石缘边上，饱满地砸落在我们头顶、脖弯。不规则的石阶呈现出不同形状，有的窄处仅鞋尖借力方可踮过。这真是一次没有退路的攀爬。防护的铁链，此时变成了攀爬者的攀绳。铁链上的水珠与人的手掌摩擦，散发出浓烈的铁锈味。也就是这不到百米的高度，我们格外谨慎，仿佛走了很久。

当前行者站在金刀峡朝我们呼喊时，他的声音从峡缝中跟着石头上的水珠一道散落。金顶就在头顶，我们加快脚步穿过那条逼仄的峡道。金刀峡一劈而就，金顶从此一分为二。始建于明朝的释迦殿、弥勒殿左右侍立，而横跨连通两殿的天桥，以及殿后的两块巨石——晒经台和说法台，组成了梵净山绝顶之上的独特风景。

面积拘谨的金顶之上，只见云雾迷蒙，风驰呼啸，湿漉漉的呼吸滋润肺腑。环顾两大宝"殿"，空间摆设很小且简单，一尊像、一神龛、一香烛、一功德箱、一僧人。这样的简陋，让人生发出一种难以言述的心情。与我曾走过的另外一些佛教名山、寺院相比，因为散布的广袤和地势的艰难，梵净山的香火显然有些偏于清冷。清冷带来的远离，不能不说是一种保护。再转念一想，朝拜的香火烧到了云天之上，历经云雨变幻的攀升，"会当凌绝顶"不是神祇对朝拜者的另一种点化吗？

殿后各倚靠着一块巨石，石壁的石缝上开凿出千疮百孔的"时光花朵"。风霜雨雪、登者肌肤的触碰、摩擦，让它变得更加坚硬和沧桑。凝眸长久，仿佛从沉睡在岩石之上的时光中，看得到历史光影深处前赴后继的跋涉者。从何而来，为何而来，千言万语的叙述，都抵不过石头的片刻沉默。

风紧一阵慢一阵地刮过来，一同上来的当地朋友手指画着圆圈描述，夏秋时节，雨后天晴，若是有缘人，能看到佛光。我们缘浅，只能想象佛光的模样，金光灿耀，光芒万丈，梵净山绵延的山峰和广袤的层林，都能在那一刻被照得通体透彻。幡然之间，我顿悟到，对每一位佛门内外的人来说，千辛万苦地跋涉朝拜，不都是对心中佛祖真容的追觅。金色肌肤，仪容整齐，目光清净，浑身散发祥和的气息，而观瞻佛祖真容远比观照内心要容易得多。对外表的执着不仅令普通人烦恼，也同样烦恼着那些想要从红尘中解脱出来的修行者。

在时光的千万种变化里，每个人都是唯一。

下山已是午后。景区出口，有一个正在展出的国际摄影展。那些为完成一幅作品而苦苦守望的摄影家，以各种色态的光和影向人们展示出梵净山不同季节、时间、地域的样貌。其中一幅影像摄于清晨：朝阳从山那边喷薄欲升，远景的梵净山呈现出三座弥勒像并列的景象：老金顶是弥勒坐像，新金顶是金猴朝拜弥勒像，三大主峰相连则是长达万米的大肚弥勒卧像。讶异再一次奔袭我而来。

山即是一尊佛，佛即是一座山。

佛的存在是和谐，是万物共生，我想，梵净山存在的意义就蕴藏其中。对一座山的认识在这一刻清晰呈现。

体力透支消费后的饥辘，在回眸之际被山谷涌来的风吹散。梵净山以另一种方式向我们告别——太阳刺破云海，晴空一碧万顷，它在我们眼前发出庞大的摇摆。我告诉自己，那是一个朝拜者在路上行走时的摇摆，更是时光的摇摆。

属于梵净山的时光摇摆，呼吸凝滞，又瞬息万变。它日复一日向那些跋涉者，如此般敞开内心深处从未改变过的秘密。

被时光遗佚的画卷

　　这座站在眼前的楼阁，是一个时光收藏家。比其收藏更丰富的，是千百年来相守相望的这湖水。

　　与以往多次匆匆的脚步不同，那个下午，我把面积扩大三倍的岳阳楼景区公园细致地走了个遍。然后待在西南角，远远地望着从枝繁叶茂中露出一角峥嵘的楼阁。日薄西山，阔绰的湖面上荡起一圈圈镏金的水浪。游客散离，脚步寥落，从市井闹声里蛰伏了许久的安静，慢慢伸长无数细密的藤蔓，紧紧攫住这楼阁的四角，高高把它悬在静水流声之上。

　　从天而降的静谧里，起落的涛声也于那一刻停顿。我也说不清要寻找些什么。我双手交叉搭了个取景框，仿佛要透过暮色里虚无的框定，触摸那季节深处的画面，以及历史时光曾激起过的阵阵回响。

　　900多年前，也就是宋仁宗庆历六年（1046年）的某个夜晚，恰值秋季，凉意一寸寸地攀爬上范仲淹的肌肤。这位北宋名臣鬓角斑白，日子过得并不舒畅。这一年，他被贬至邓州（今河南邓县）。

　　在略显拘谨的书房内，灯火将范仲淹一张清癯的脸庞在屋墙上打出一个虚弱的剪影。他慢慢地展开驿使送来的山水画轴。他并不熟悉画的作者（也许在那个与笔墨相伴的年代，一个藉藉无名的人也是作画的高手），但送画来的滕宗谅是他多年的好友，被更多人记住的是"滕子京"这个名字。与他命运的境遇相似，滕子京同样是遭贬的落魄官吏，两人各处异地，唯有纸上飞鸿。

画幅在手掌挪移间徐徐展开，范仲淹看到了水，浩浩汤汤、横无际涯，水一直流淌到目光的尽头，迅疾消失，连同那些大大小小的帆影。近处呈现的，是从高大林丛中生长出的一幢三层纯木结构楼阁——四柱高耸，顶檐牙啄，金碧辉煌，仿似一只腾空的鹏鸟。楼筑建得很雄伟，范仲淹一眼就洞穿了好友滕子京的心思。

谪守巴陵郡，濒洞庭，临长江，流水匆匆中隐匿的无奈、凄凉压得滕子京心头沉甸甸的，但水所生发出来的大气象又让他精神一振。身为曾经的同僚好友，在范仲淹眼中，滕子京从来都是个不安分的人。范仲淹在西北经略边防事务时，两人曾密切合作抗御西夏。滕子京是一位有抱负、很能干的人，他在工作上从不循规蹈矩，常常为达目的而不注意方式方法。西北前线，与西夏的连连战事，让他伤透脑筋。为了削弱西夏政权和军队在民众中的基础，他耗费大量的钱财，目的是搞好与地方酋豪的关系。用今天的话说，身为一个官吏，他挪用超支了财政预算、"三公"经费，而后，这些授政治上对立者以柄，遭人检举，罪名不小。宋朝皇帝接到弹劾举报后审计滕子京，此事虽有范仲淹、欧阳修等好友在皇帝面前求情，但一纸贬书，滕子京最终没有逃脱被贬谪的命运。

贬谪，这一多数古代文官都经历过的政治"棒击"，轮到滕子京头上时，他一定也是辗转反侧、夜不能寐的。所幸的是，适时调整心态的他，在被贬之地开始书写政治生涯中的崛起之作。

这一贬，成就了他自己，也成就了一座城市。

拥有远大抱负的人无论身在何处，总是想有所作为的。据

《宋史·滕宗谅传》等史书记载，在他还未到岳州之前的两年多时间里，这一朝廷的弃儿，先后从庆州贬至凤翔，继而贬至虢州，后又于庆历四年（1044 年）春谪守巴陵郡。滕子京待在岳州的时间是从庆历四年春到庆历七年（1047 年）初调任苏州。在后人津津乐道的叙述中，他以忍辱负重、殚精竭虑的三年时间完成了今天看来都是十分重要的三件政绩工程。

承前制，重修岳阳楼；崇教化，兴建岳州学宫；治水患，筑偃虹堤。即使有人笑称的三大政绩工程，于今天而言，也都堪称大手笔，且为民生实事。

岳阳楼重修落成之日，滕子京只是"痛饮一场，凭栏大恸十数声而已"。这是一种压抑太久之后的释放。一个负罪的贬官，一趟失意的仕途，一场坎坷的人生，足以使人消沉、颓废，但他忍辱负重并勤于政绩，把个人的惨淡悲伤心境丢在了历史的风中。

在地方志里保留了滕子京为求《岳阳楼记》而写给范仲淹的信——《求记书》。其中有一段很关键的话："谨以《洞庭秋晚图》一本随书赘献，涉毫之际，或有所助。"这幅历史上最早描绘岳阳楼的画卷，因此诞生。

可至今已失传的《洞庭秋晚图》究竟出自谁之手，早已成谜。我几次找对岳阳楼文化有研究的专家打探，在何处能找到这幅画的资料，皆被告知无能为力。

我和画家朋友曾探讨过这幅画是以何种面目存在过。也许范仲淹所看到的那幅山水画，见不到人，但又无处都显示着人的存在。帆船、楼阁、林荫、曲径通幽的小路，都是人活动密集的所在。在以水运为主要交通方式的时代，人的存在，就如同我们今天在高铁站、火车站、机场看到的络绎不绝的人流。

仍然回到庆历六年的那个秋凉如水之夜，范仲淹端详着画。他一会儿看看楼，一会儿看看水，他的视线仿佛穿越纸幅的局围，从一个有限的视域里，看到了洞庭湖的浩浩荡荡，看到了水的无际无涯。整张画卷充满了透彻的潮湿气息。他的视线也从有限抵达无限。

在敞开的思绪里，同为天涯沦落人的范仲淹一时难以掩抑住内心情感的涌动。浩荡的皇恩不会降临到每个入仕者身上，每个遭遇贬谪的人都在寻找、辨认着夜深后前行的路。范仲淹看到了来自好友内心深处那股执拗的勇气。这些看似微弱实则强悍的勇气，必然成为那个朝代最珍贵之所在。他用"居庙堂之高则忧其民，处江湖之远则忧其君""不以物喜、不以己悲"来评价好友滕子京，其实也是在安慰自己，表达心迹。一个人，一群人，心迹皆在敞开的思绪和飞扬的文字中坦露。

于是，《洞庭秋晚图》成为范仲淹打开视野的一个动力原点。然而这原点，已经无迹可寻了。它的失传没有历史记录和民间传说。仿佛一阵风，它在范仲淹的眼前一闪而过。它只是曾经为了催生《岳阳楼记》而存在过，然后就悄然隐遁入茫茫夜色之中了。

画的结局被时间弄丢了。就像一颗流星，在横无际涯的洞庭湖的水波中，飘入更加浩瀚的时间之海。也许，《洞庭秋晚图》不只是画了一座楼阁、一湖水，它在被范仲淹乃至更多不同的人多次端详之后，难以逃脱命运的神秘性——它注定只是成为一个动力原点，它跟随时间的变迁而发生变异，直至最终无故地消失。而那被水的行走带离的不仅是不复返的时间，还有那些隐藏在时光角落里的秘密。因为秘密，岳阳楼便有了多变的叙说。

水的行走

水走得很慢。

我们也走得很慢。

仿佛只有时间，在我们和水之间疾驰。

时值深秋，有朋友从北方来，说要去看水。水，从四面八方走来，汇聚成湖湘大地上鼎鼎有名的洞庭湖。

我们的行程满满当当。从慈氏塔、街河口出发，沿着水岸线，跨桥往西，深入湖的腹地。我们驻留一个叫六门闸的地方，品尝晒在秋光下的湖鱼，看一匡姓人家在采桑湖驱逐鱼鹰捕鱼；我们乘快艇到湖中心一淤积的无名岛，看黑壮的工人磨砺刀锋割倒一茬茬麻黄色的芦苇，看鱼贩子和满脸皱纹的渔民言语不多地讨价还价。更多时候，我们选择一处中意的地方，坐视水波不停地变幻着姿势，从远方流向更远的远方。

朋友虽久居北方，却谙熟南方的地理及风光。他大谈湖过去的辉煌，湖的盛产湖的传说湖的环境还有湖面积的萎缩。北纬28°30′至30°20′，这可是黄金纬度。他发出一连串的啧啧之声，有赞叹也有惋惜。而我枉会背几句写湖的诗，李白的"洞庭西望楚江分，水尽南天不见云"，元稹的"驾浪沉西日，吞空接曙河"，张孝祥的"扣舷独啸，不知今夕何夕"。这都是我所钟情与陶醉的。

一湖水，给了这城市灵性、厚重、声名，也给了这城市刁难、悲痛、漂泊。我在这里生活近20年了，而往往就是经年累月守在你身边的事物，是最容易被忽视的。这种忽视像落入水中的沙石，如果不是外在力量的介入，就永远保持一种沉寂的姿态。

八年前，城市滨水的岸线上建起了风光旖旎的沿湖风光带。每天都有休闲的人、散步的人、看湖的人层出不穷地光顾这里。他们共同目睹过圆鼓鼓的太阳，从远处湖洲的芦苇丛中，纠结着蒙蒙的雾气，浮上来，或沉下去。斑驳的云影，褐黄的苇穗，随着习习的风，遥遥地与没有边际的水光呼应，注视着水的行走，人的行走。

水的行走翻开尘封的史册。原为古云梦泽一部分（春秋时，梦在楚方言中为"湖泽"之意）的洞庭湖，一直活跃在历史的记载中。北魏郦道元《水经注》作注指出湘、资、沅、澧，"凡此四水，同注洞庭，北会大江"，盛弘之《荆州记》中描绘，"巴陵南有青草湖，周回数百里，日月出没其中"，"青草"就是当时洞庭湖的通称。可这些历史的文字中，谁也没道出湖的生命几时诞生。这本身就是一个无解的难题。

地壳运动造就了它，历史传说解密了它。刘海戏金蟾、东方朔盗饮仙酒、舜帝二妃万里寻夫的民间传说都源于此。湖区广为流传的是，农历二月二日，龙王为下嫁湖区恶毒财主家的三公主所遭历的不幸报仇雪恨。"龙抬头"，地裂天崩，方圆八百里陷落积水成湖。当地百姓把农历二月二日定为龙的纪念日，也把这一天当成了洞庭湖形成纪念日。

湖没有源头，又有源头。远眺这个以马蹄形盆地出现的湖泊，但见湖湘儿女的母亲河湘江滔滔北去，万里长江滚滚东逝，湖湘大地上众多有名无名的河流情牵此地。没有哪一座湖泊具有它这般的包容。她就像覆盖源头支流的树冠，苍翠葱茏，茂盛蓬勃。

　　汨罗江是湖的源头支流之一。和朋友谈起曾逐水而沉的屈原，这位 2000 多年前的行吟诗人，笔下洞庭那么神奇。湘君和湘夫人这一对美貌的恋爱之神，乘轻快如飞的桂舟，在娓娓动听的箫声中，飘弋于秋风袅袅的洞庭秋波之上。再回溯时光深处，李白、杜甫、韩愈……那些伟大诗人的脚步、诗情，曾经跟着水流一起行走、涌动。慈氏塔、岳阳楼、怀甫亭、仙梅亭、吕仙祠……这些见证历史的建筑，至今还依湖而望，以建筑的语言续写着湖的人生，铸造着湖湘大地地域文化的符号与标志。

　　水的行走书写着无声的言说。有水的地方就有岸，水流过，岸依旧。我们的车在堤岸上奔跑。平坦的湖面下，游动的鱼群，漂摇的水草，淤积的沙石。某一处风平浪静的湖面，船泊烟生，或尖头窄肚，或围拱成室的船聚首一起，铺盖成环，俨然水上"村寨"。风从船舷的空隙处荡起一声粗犷的啸声，湖弯远处苇叶间飞掠过不甘寂寞的鸟，多为白色与黑色，清瘦的身影在湖面留下一道长长的浪痕。

　　岸上的渔民多数在这季节会晾晒在湖水中浸泡太久的鱼网，聊聊平淡生活的闲言碎语。偶尔天光晴好，兴致一动的人会划一条狭长的小舟，赶一群慵懒的、把尖嘴埋进羽毛丛中梳剪的鱼鹰，在湖弯的开阔水域与鱼群嬉戏。鱼鹰的学名叫鸬鹚，它长着阔长的双翼，棕黑色羽毛层层叠叠，逮住猎物飞离水面伸展翼翅的一刹那，鲜亮的羽毛透射出金属般的光泽。遇到的匡姓人家来自以水乡著称的江苏，四代人都赶过不同的鱼鹰，以水为生。匡家祖上顺水而下，鱼鹰瞬间从水美鱼肥的湖中将猎物叼起。人和鱼鹰，都相中这岸芷汀兰、郁郁青青的洞庭湖，就此安营扎寨不再流浪。

　　人赖以生存的湖，匡爹记忆中也有过狂躁和残暴。1996 年、1998 年夏天，两度湖波翻滚，洪水滔天，挣脱困缚的龙王爷怒发冲冠，集成、钱粮湖堤破垸溃，一片片砖屋瓦舍与粮棉作物夷为平地。仓皇的人们只有收拾仅存的家当，迁往垸外的高地。水撕裂堤岸，虽说又有新的堤岸随流而起，但在湖区平原再也看不到好的农家建筑。

人给水出路，水给人活路。那些脸色衰黄的墙屋上，诸如此类的标语扑满灰尘。这些年来的退耕还湖，三峡大坝的筑立，留下的是一道道高筑的坚堤。沿堤看湖，倒变成了欣赏湖区最美风景的理想之地。

水的行走打开了幻想的空间。和朋友拍落白日行走的疲乏，闲坐新修成的岳阳楼景区仿古城墙内的茶肆，漫谈湖的前世今生。这湖，夜色中是那么从容，不急不缓日夜不息地奔流着，有谁知道它背负了多少堆弃的污浊，承载了多少强加的痛苦，宽容了多少恶意的索取。可她仍像母亲对孩子一样对待着湖边栖居的人们，无怨无悔。

愈深愈黑的夜，极目难定远近。你看不清湖的面孔，只有凭着聪敏的听力去获知，让湖风悄悄地拂动你的思绪，告诉你想知晓的一切。黑暗里包藏的事物、记忆，与流淌的水波一同漂逝。我们隐隐听见水声，是湖波拍击堤岸，又像是来自远方的湖底梦语。水不是流在湖里，而是流在一种叫"黑"的色彩里。

沿湖的灯火投到水面上，成了满湖的星子。湖波奔流，人事皆非。历史的沧桑巨变和凝重呼吸就深深地植入浩渺的湖波里。清凉的湖风中夜色渐浓，这一湖奔流不息的逝水，将赴向何方？一丝一缕纠缠的生命的困惑奔袭而来，岁月的沧桑，宇宙的浩瀚，人生的苦难……思绪如湖边潜滋暗长的苇草，飘摇，飘摇。我对朋友说我不是湖边常客，我更习惯远远地听，倾听湖的心语，思索湖的前世今生，想象湖的将来。我突然蹦出那位在瓦尔登湖畔凛然而立的思想者梭罗说过的一句话："在这儿可以听到河流的喧声，那失去名字的远古的风，飒飒吹过我们的森林。"

"古代的风，我们的森林。"一抹微光从深邃的夜空中扑落脚下，我们的脚步尾随行走的湖水，却始终赶不上它微漾的余波。只有感受到的每一种遥远的声音，从四面八方蜂拥而来直抵心灵。这个时刻，人的思绪会飞翔，人的精神会腾空，像自由的鸟，像射穿历史的风，像奔跑的梦想，在宽广无垠的水波上独自演唱……

穿越之路

　　梅关古道被一场秋雨淋个透湿。星罗棋布的鹅卵石，横卧竖立，形状不一，像一面面镜子，在脚步下越磨越耀眼。这样一条古道，对我这个外来者意味着什么？我匆匆行来，疾疾离去，仅是走过那漫长时光里微不足道的一小段。我记下它所呈现的荒凉，那是所有古道共同的命运。在离开后的许多个夜晚，那一道道"耀眼"又意外地走进梦境晃荡，幻变成一个纠缠不休的孩子，生气扭头踩破平静的水面，溅我一身惊慌。

　　还是从雨说起，雨雾弥漫，梅岭上的一切都进入无法表述的幽深之中，古道多添了几分幽怜。从广东南雄市出发，到珠玑巷，再抵达这里，起承转合的午后光阴，让人在跟随车辆的恍惚摇荡中出神，犹豫着是否要从梅关古道开启一次短暂的远行。

　　来自何方，去往何处？匆促步履，重叠影像，人生的终极追问也曾在这里发生。我很疑惑，镶嵌在时间深处，隐藏在大地褶皱之中，与现代交通工具断然隔绝，适合怀旧的古道，穿越了什么？它某天现身为一个闹腾的动词，那些背包客、露营者、观光者，那些俱乐部、驴友圈、亲友团，在这里聚集偶遇，一次次完成向时间致敬的仪式。

　　梅关古道所穿越的梅岭，藏身于五岭之一大庾岭之中。逶迤五岭，为长江流域和珠江流域的分水岭，山谷纵横，林深峰立，很早之前就把广东这片南蛮之地隔绝在中原之外。地域的隔绝终被强悍的权力打开。刚吞并七国而成为中国第一代皇帝的秦始皇，站在自己的疆域图前沉思片刻，咀嚼着"普天之下，莫非王土"的深长意韵，而后决绝地发令："北逐匈奴，南开五岭。"于是20万秦军在声威震天的马蹄和呐喊中拓进，残酷而血腥的战争扑满梅岭的沟坎旮旯。争夺、烽烟、厮杀、血泊，军事战略上的关隘意义，注定了梅岭进入历史视野的传奇沾满鲜血。汩汩血流，顺着一场场大雨浸入粤北大地，又长成一株株暗香低悬的古道梅花。

梅岭这个发光体，吸引着自秦以来的"居庙堂之高者"的虎视眈眈，剑气般的反光又刺痛他们的肉眼。秦始皇遣屠睢、赵佗率大军驻梅岭、攻岭南，当地番民奋起抵抗，秦军"三年未能越岭"。屠睢死后，秦军大将任嚣与赵佗使以民族亲和之策，平定百越之地，建郡立县，并于公元前213年在梅岭巅峰筑关。"番禺负风险，阻南海，东西数千里……可以立国。"任嚣病危中的一句话，又让赵佗狂妄一次，这个小县令在秦末汉初的混乱时局中锁关自立，顺顺当当地做起了南越王。虽然赵佗最后不得不向巩疆固土、强硕难挡的汉文帝俯首称臣，但他一定没有想到，自己的名字从此镌刻在了这条南来北往翻山越岭的古道之上。两百多千米长的梅关古道，如蜿龙匍匐，横亘广东、江西两省之间，地势险要若人之"咽喉"。这是进入广东的必经之地，其地位之重要不言而喻，"岭南第一关"的声誉毫不夸张地落在它头上。兵家必争带来的战火与纷乱、杀戮与毁灭，沉沦大海销声匿迹，但又有谁能抚平古道的隐痛和创伤。那些战争的始作俑者是否会感慨，"只要一想起后悔的事，梅花便落满岭南"。

多少古道被时光吞噬，在大地上杳无踪迹，典籍中也读不到片言只字，一切终成为幻影，梅岭却还在。缓步寻找古道上的碎痕残迹，百步之遥就有宽厚的石凳相候，凳身深深浅浅地长着或绿或黄的苔藓。苔藓无语，是最忠实的信徒，蜉游在时间的孤寂里。时令不对，接踵而立的梅树未到绽放清香之际，粗细不一的枝杈虬曲裂散，仿若画中旁逸而出伸向山谷之上的云朵。古道上静止的草、树、石头、苔藓，活跃在丛林深处的虫、鸟、兽，像一个个吸光体，吸尽天光、目光、水光。鲜艳色彩瞬间隐匿，时间使它沉郁黯然，扑满一身抹不净的尘灰。

古道斜行向上，一个尽头蜇进另一个尽头。当地朋友绵长的讲述，像阅读者翻看那些以文字记忆编绘的历史。人是历史的书写者，我的耳畔蹦来一个个熟悉的名字，崎岖的古道上，他们是南迁的贬官、获刑的罪犯、无家的流民。有一个不能不提及的人，他的脚步和我在时空的不同维度重叠，我踩在他往返重叠的脚印之上，大地愈加坚实。他是张九龄，岭南第一个考取进士并到朝廷做官的著名诗人，也是梅关古道的筑造功臣。在我故乡洞庭湖的众多抒情者中，孟浩然的一首《望洞庭湖赠张丞相》，无疑是首屈一指的扛鼎之作，孰不知这首"气蒸云梦泽，波撼岳阳城"的投赠之作，实则他临烟波洞庭，吐露欲渡无舟、临渊羡鱼的感慨，曲折表达出对丞相张九龄援引的渴盼。

唐开元四年（716 年），因排挤主动告假南归侍母的张九龄路经梅岭，眼之所见，如他在《开大庾岭路记》中所言，"岭东路废，人苦峻极"，"以载则曾不容轨，以运则负之以背"。要知道，经贞观之治的唐王朝，日渐强盛，与海外通商的需求愈加迫切，那时的广州已是拥有六万多人口的最大商港。岭南以沿海之利，商业发达，东南亚、阿拉伯诸地商人、使者，多从海上到广州，越梅岭而上长安。这种情况之下开凿梅关古道的利害性不言自明。身处江湖之远，张九龄仍不忘为君分忧。向唐玄宗谏言开凿梅岭获得允许后，在那一年的冬月他开始主持这条古道的修筑拓宽工作。路陡，狭窄，难行，荆棘，山石庞大，开凿艰巨，三个月时间，一条宽一丈多、长30（华）里、可容五辆车并行的山道畅达四方。

张九龄代表的官方之举，悄然将梅岭和梅关从军事意义向经贸文化交流转型，一条古道改变了南北交通格局。写在历史记忆中的实况是，古道通拓，商旅络绎，沿途店号鳞次栉比。广州等地客商货物由水路北上到雄州，经古道运往岭北；由岭北南下的客商货物，则由陆路经古道运到雄州，而后转水运往广州等地。距古道30千米之外的南雄城迅速崛起，梅关古道成就了这座"南来车马北来船"、"十部梨园歌吹尽"的热闹、繁华的商业城镇。日本汉学家中村久四郎在《唐代的广东》中评述："张九龄开凿新路，就是将南北的喉咙，也即是把广东北面的重镇南雄开通，因而可以使广东的港口和中原交通得到便利，并且间接使经由广东而与中原及海外各国的交通便利。"

所有的古道，都是被马蹄和脚步踩踏出来的。站在那幅古代地图前，细心比较会让人发现，梅关古道所代表的穿越之路曲折弯绕，似乎距离略长些，这"略长"折算成实际里程居然有1000千米之遥。也就是说在以长安为出发地和归结地，取粤北过郴州到长安的距离要比走梅岭近。舍近求远，不是明智者所为。查究原因，是梅岭北接的扬州有更为便利廉价的水路航线。水运之利托起了扬州这座唐代长江流域的最大商业城市，也成就了1000多年里由岭南通往中原最便捷的梅关古道。那些在今天看来的"香药路""珠宝路""陶瓷路"，叠印在梅岭的影里，又成就了南雄这个中转之地的繁华兴盛。

不绝的喧闹戛然沉寂，我又有些恍惚了。雨从铺满道路的石头上滑过，缓慢而有节奏，眼前的萧落和静谧，把当地朋友的叙说击成碎片。嘚，嘚嘚嘚，有人模仿马蹄之音，引我竖耳倾听。我眼前莫名地浮出一些陌生的面孔，和鸟雀般欢跃的人声，躲藏在林丛深处。那一刻，我相信，从雨雾深处，刚走过一支马帮，和我们擦肩而过，他们看到了我。古道为一双双磨出血泡的脚板而延伸。站在梅岭的巨大石碑之前，抬头是"南粤雄关"四个红色大字，再往前走 10 余米，越过一道坡坎，就是江西境内。前面，后面，一眼望去，古道仿佛通往时光隧道的深处，无法探知，充满悬念和诱惑。祖先令我们叹服的是，再高耸重叠的峰峦，再迢远艰难的崎路，也缚束不住他们行走的脚步。

自张九龄开凿梅关古道后，历代有识之士尽心尽力屡修屡护。北宋仁宗嘉祐八年（1063 年），蔡抗、蔡挺兄弟二人协商议定，分筑所辖境内路段，种松、梅于道两侧。明正统十一年（1446 年），南雄知府郑述征集民工，用鹅卵石、花岗片石铺砌岭道路面至南雄城，90 余（华）里。明正德年间（1506—1521 年），广东布政使吴廷举自称"十年两度手栽松"，"种提青松一万株"。到明末清初，历经 800 多年的古道上，"官道虬松"已成南雄一景。

古松林立，蜡梅却空枝相照。任何一条古道都逃不出孤独的宿命。作为一个天地万物的读者，我以徒步的方式走进梅关古道，呼吸那些过往的生命与魂灵的气息。在这个快节奏的时代，距离之间的腾挪闪回，无疑出卖了我们自己。像著名摇滚歌手崔健所说，我要从南走到北，还要从白走到黑。只是，这样的走，被高速高铁、飞机取代。我们行走的速度越快，与大地的距离就拉得越远。

我的朋友祝勇说："隐藏道路的最好办法是使道路变宽。当它像世界一样宽的时候，道路就不存在了。"梅关古道却以另一种瘦弱而坚韧的方式隐藏着。轰然巨声在耳畔的深夜炸裂，这条千年古道在冥想与熟梦中蜿蜒浮沉。它覆盖着泥土和落叶，深陷的马蹄窝脚印长成大地的黑痣，祖先一路遗失的魂魄在历史的光阴深处涌动。喧嚣，孤寂，纷乱，时间，梅岭穿越它们也被它们穿越。而我穿行于梅岭，是把双脚交给古道，把生命体验中隐秘的欢乐与沉思交给了在地图上厮守"南雄"的这片土地、自然与时光。

寂寞四合院

如果不是两位长者的引领，那座四合院也许一辈子都会在我的视野之外。偌大的北京城，眼睛是非常容易被花样辈出的新事物诱惑的。高大威猛的建筑像安上滚动轴似的遍地开花，一个无法逆转的事实——四合院在城市现代化的进程中逐渐消失。似乎只剩下这一座——悲凉四溢的四合院。

宣武区北半截胡同41号。这个旧式地名在今天只是成了一个符号，并不能代表一个具体、标志性的位置。这从我们寻找过程的几度打听中可以看出，被咨询者常常回答我们的不是一脸哑然就是"好像……"。我还在纳闷，我今天要去的地方，不会是一个子虚乌有之处吧？

当我们的车横过热闹、阔大的菜市口的十字路，戛然而停下时，我们的目光被粉饰一新的红院墙上的字眼——谭嗣同故居——吸引。这就是我们要找的地方，此前的费尽口舌却是不经意间抵达。上天在考验我们的诚心之后，把这院子推到了我们眼前。

墙壁上凹下去的五个字，让我的情绪在瞬间兴奋起来了。我站在院墙外的牌铭前，简明扼要地回顾了一个失败的英雄的简短一生。这种属于门外的回顾，文字中渗透出隐藏在历史中的血与泪朝我奔袭而来，还有同行者虔诚的目光，我才突然意识到在这里我要做出的是一种仰视的姿态。

　　而当年怀着满腔热血应诏赴京，肩负维新变法使命的谭嗣同，目光非常清澈，当他从老家浏阳千里跋涉而至，站在那扇尚未修葺、油漆剥落的会馆门前，心情是高兴还是沉重？眼神中的坚定和锐利没有丝毫的晃动吗？留给我们的是想象。最终的结局是谭嗣同连做梦也想不到的，一个多月后，就是这让他充满希望和斗志的京城，成了生命的终结之地。

　　站在宣武门外，谭嗣同有些激动。他对这个地方非常熟悉，1865 年他出生在宣武门外的烂缦胡同，13 岁之前没有离开过京城，青少年时代辗转湖南浏阳、甘肃兰州等地，33 年后他又回到了会馆多云集于此的宣武旧城区。这一带从明朝起就被笼统地称为"宣南"，它包括了今粉房琉璃街、骡马市大街、菜市口西大街、教子胡同、南二环路。谭嗣同像一只鸟，在外转了一圈，又回到了"宣南"这生命开始的地方。他走过宣武门，停在了箭楼下吊桥西侧原立着一块上书"后悔迟"的石碣前，这是给那些即将赴刑的"亡命之徒"看的，以警示他人。后来那些为变法奔波的日子，无数的夜晚和白天在菜市口一带行走的谭嗣同，应该经常与这块石碣遭遇，以及最后从刑部大牢到斩头之处的途中，押解的囚车有意地在石碣前多停留了片刻。难道聪明的谭嗣同未曾考虑过后果吗？自己在做些什么只有他心中是最清楚的。熟视无睹的他也许从未把那三个字、血淋淋的杀人场面看进心里。

　　与今天的清冷气氛不同，当年这座四合院里书生意气，挥斥方遒，那些热血沸腾的士子聚集在院子中央的那棵大槐树下，兴奋地迎接谭嗣同的到来。对于从家乡来的我们，红漆的门框里少了两扇木门，院落里人影都闪没了。有人轻吟一句"先生在家否"，像一把条帚拂开和落叶堆积在一起的尘嚣，院墙好像隔断了外面的嘈杂，静谧汹涌而来。这份安静，安全符合我们的心意，毕竟喧闹不是谭嗣同的本质。他冷静地打量着当时内忧外患的中国，打量着那个优柔寡断的清光绪皇帝。也正是他的冷静，像一道光，扫过京城阴霾的天空。在中国历史上他绝不是扮演一个喧闹的角色。

一踏进院子，内心残存的那点兴奋意外地消遁，唯一有的是警觉。我们散开，又很快相遇。原因是这四合院太小，房子又矮又旧，院墙周围码着各式各样的杂物，挤得巷弄里的路瘦仄瘦仄的，还把对陌生者的质问冷默地写在脸上。我要寻找的是什么，连我自己一下子也迷惑起来，展现在眼前的是"年久失修、杂乱凄迷、萧瑟孤立"这些词语和在寒风中打寒战的狗，檐头飘摇的狗尾巴草，角落里沾满灰尘的煤，低矮残旧的墙裙，门窗紧闭的小房间，还有三棵皮肤皲裂的槐树，这些都不是想象中的。可我又能说出想象中的模样吗？就是到了离开那院子多日后的今天，我似乎觉得那仍只是个梦，梦中的院子太没有物质内容可供罗列。

莫名的一些思绪紧跟着冬天的寒风跑进我的身体里，莫名的抖动黏附上了我。1898 年 9 月 28 日，41 号四合院里居住的人们在这一天倾巢而出，他们把脑袋瑟缩进发白的长袍领口中，同样怀着颤抖的心情，步履蹒跚地走向菜市口。这个以砍头而著名的地方，让全中国人心惊胆战的古刑场，在这一天砍断了谭嗣同、林旭、杨锐、杨深秀、刘光第、康广仁这六个人的脖子。至今位于菜市口生意兴隆的西鹤年堂就是因出售砍头时的麻醉药物而出名的药店，据说当年老板给刑场上的六君子带去了药物，可被谭嗣同领头拒绝了。谭嗣同在凛然地喷洒颅内鲜血之前，他那句临刑前的绝命词"有心杀贼，无力回天；死得其所，快哉快哉"在菜市口的上空荡气回肠。这一年是农历戊戌年，人们私底下给他们一个称谓，在数年后的历史教科书上这个称谓被更多未能亲历现场和亲历那个时代的人记住：戊戌六君子。谭嗣同作为六君子之首，他在被捕前几天，正在四合院北边的那间"莽苍苍斋"书房里奋笔疾书。9 月 18 日，他对袁世凯的深夜拜访，其交谈过程如今埋葬在时间和消亡生命的尘土中。有人说，要逮捕谭嗣同的消息传出后，前来通风报信的人却是垂头丧气地离开的。梁启超走了，康有为走了，还有那些明哲保身的人早走了，谭嗣同决定留下来。也许在某些人看来，变法失败，谭嗣同的鲜血白白地溅没在清朝晚年的沉沉黑夜里。谭嗣同等着慈禧的人来抓，他就已经做好了死的准备。他不是厌倦了生命，而是深知"变法未有不流血者"的道理。"中国变法请自嗣同始"——他执意向世人展示生命可以创造的另一种价值。

如果不是遇到那个腰部扎着围裙的妇女，残破的屋墙和紧闭的门户早让在院子里穿梭几个来回的我们对"到底住没住人"心生疑窦。其实在院落的每间屋子里，都有老百姓居住。这个 58 岁的大婶，从她八个月起就住在这座四合院里，一直住到了今天。她指着磨损得厉害的石阶说这是一直保存下来的，指着那三棵槐树说，原先的五棵砍掉了两棵是因为人多要搭房，指着灰头土脸的那间房子说，这就是谭嗣同的书房"莽苍苍斋"，她小时候住过的地方。她特意强调这点，可语气里听不出骄傲。如今她住到了侧对面的矮平房里。我们问她，现在"莽苍苍斋"住的什么人？她连说了几个好像，最后也没说出准确的名字。时不时有些文物保护的人过来，今天拿走这，明天取走那。当她听我们介绍是打湖南来的时，抹了抹在冷风中冻得发红的鼻子，说，你们得为湖南人的自豪呼吁呼吁，这谭嗣同故居是区级保护单位，而那康有为，就临阵脱逃的那个，却是市级的。这个级别之差，显然让这个对谭嗣同有着好感的大婶激动和郁闷不已。

我们同大婶聊谭嗣同生前死后的那段时光，她道出来一个颇令人回味的细节。她说小时候听院子里的大爷说，谭嗣同被砍头前，深夜院子里常有一个断头鬼出没，并不瘆人，就是孤零零地在巷弄里游来荡去的。迷信的说法是这院子要犯人命了，果不其然，数日后谭嗣同被捕，继而命断菜市口。

浏阳会馆，菜市口。一个人的生所与死处竟是近在咫尺，这就是历史常常与人开的玩笑。在院子里，我的眼睛四处搜寻新奇点的旧迹，却收获无几。太普通了，近似一个贫民窟，我听到一声叹息，是从我心里发出来，又像是从他们那里传递过来的。

　　同是"谭嗣同故居"，位于京城的这座现在挤挤挨挨地居住着20来户人家的四合院，当年湖湘士子纵横时事的会馆，最后成了谭嗣同从容赴死之地。这同他浏阳老家"深三进，广五间，三栋两院一亭"的大宅院无法相比。这是叛逆的谭嗣同的悲剧之因，作为巡抚之子，既得利益集团的一员，他时刻惦念的是社会的改良，同那个旧时代的决裂。这注定要付出血的代价。

　　在这位妇女热情地向我们介绍时，我贴近那早已经蛛网暗结尘土满梁的"莽苍苍斋"的门窗，玻璃被灰蒙住了，门缝里黑洞洞的，一无所获。

　　我大胆地揣测，临刑前，这位"向死而生"的英雄脑海里想着什么，他那首"我自横刀向天笑，去留肝胆两昆仑"诗留到今天，依然像一排排巨浪拍打着无数后人的心怀。在他的脑海里，翻腾着的是峥嵘岁月里同那些维新志士秉烛夜谈的情景，还是赴京前夜与妻子李闰对弹"崩霆琴"、"雷残琴"的弦乐，抑或是感慨他未能及时描述的变法后中国的崭新前景。我听一位长者说专程看过现陈列于博物馆内那把"崩霆"七弦琴，两把琴都是谭嗣同亲手制作的，取材于老家"大夫第"院中的一棵被雷击倒的撑天梧桐树。1898年5月深夜，在浏阳北正街那座庭院式大宅内的对弹，一曲成诀别。这一曲，自然勾起无数情感丰富者的浮想。而与谭嗣同聚少离多，又知书达礼、忧国忧民的妻子李闰，翰林之女，这个后来被康、梁二人赠匾"巾帼完人"的女人，自丈夫死后就改名"臾生"。在她的简历中，有"创办浏阳第一所女子学校，热心建育婴局、办学校等公益事业"等记载。她在浏阳的故居里度过一生，从未到过京城，"北半截胡同41号"在她心中是个伤心之地也是一团挥之不去的阴影。作为女人的李闰，谭嗣同的西辞和他人赠予她的名望又有多少用处呢？她需要的也许只是谭嗣同活在这个世界，平安地陪伴在她身边。

　　还有一位既是臣子又是父亲的男人，他在那些个噩耗传来的夜晚，也只能压抑心中的哀恸，站在窗外去安慰哭泣不已的媳妇。他清醒地看到也说出来：将来儿子的名望必在父亲之上。这位一生为官清廉、处世慎微的湖北巡抚，既得清朝廷恩惠又受政变牵连被革职在家，在他给儿子写的挽联"谣风便万国九州，无非是骂；昭雪在千秋百世，不得而知"里，我们触摸得到他内心的矛盾与痛楚，也能看到他为儿子壮心未酬的超然与淡泊。

四合院没有门，没门的原因我不知道，想必并非为了彰显谭嗣同这位维新爱国、探求改良兴国的志士内心的自由精神，恐怕同大婶眼中的"区级"有关。外院墙上的红漆和白格线，浅俗得很。大婶指着左边离正门两三米的地方说，以前门在这里，前面有排瓜架，听大爷们说，谭嗣同死后，瓜架就废了。

没门也没了门房，可谭嗣同的尸体是那个姓刘的门房收回来的。刘门房和两个仆人从凄凉的刑场上，从身首异处的尸首堆里折腾一番，找回了"谭嗣同"，又连夜缝补好身首，借一寺院停落，第二年才将其运回湖南浏阳。熟悉这一掌故的长者向大婶提出来，并询问门房是否还有后人在。大婶引我们走进大院门左侧的房子前，示意那门房的亲戚就住在这里。

我们敲开那扇挂着一块发潮旧布的纱门，房间里逼仄、凌乱，煤气味、煎药的气味、潮闷的气味，扑面而来。坐在床沿上头发斑白的老太太喘息声特别重，一见便知有病缠身，她把我们的问好和解释当作耳边风。对来这里参观和调查的人，她已经熟悉和麻木了。"您住多长时间了？""过去那门房是您什么人？""您对谭嗣同是一种什么样的感情？"……我们接二连三提出的问题得不到回答就像变成了自言自语。煤炉上的铁皮水壶开始低鸣并一缕缕地冒气，老太太忽然极不耐烦地抛出一句，都是这鬼地方，这破保护单位，要不然我们早拆迁搬家了。她的突然恼怒更是令我们意外，可细想，要在没有暖气的房间度过北方的冬天，的确是件不容易的事，尤其对于这个生病的老人。她发怒的原因我们能够理解，要责备的是谁呢？后来我们弄清楚了这位老太太一家是那个保全谭嗣同遗身的门房的后人，他们都是善良的人。

走出这间房子，老太太的喘息声更重了，"人间烟火"在这里掺杂了许多现实的因素而变得尴尬、沉重。历史与现实的矛盾遗留下来，让院子里所有的人彷徨，不知所措。无奈的生存境遇不仅是这里，在别处也是很多普通百姓必须真实面对的现实。

我站在一棵身体皱皱巴巴的槐树下拍照，抬头只看见光秃秃的枝干像无数细密的手伸向白蒙蒙的天空，去抓住那些生命中的虚无。一股冷风从巷子的深处飕飕地蹿过来，绕着被斑驳陆离的枝影纠缠的我，绕着院子里一切有生命的东西，也一定缠绕过消失了的那些东西。我突然悲从中来，连同脚下的土地狠狠地颤抖起来。我那些悲凉，是我自己的，还是在这个院子里生长了一百多年的？它们也许是顺着树枝和树干流下来，落到我的头顶上。我喜欢被这样的悲凉包围，又渴望这悲凉只是像我这个过客一样地来去匆匆，毕竟把悲凉抛弃给生活在院子里善良的人们，显然太不公平了。

从四合院出来，弯下斜坡，前面就是眨眼之间变得开阔起来的菜市口。菜市口的十字路口成了一个坐标轴，而谭嗣同故居是这坐标上绝对抹不去的一颗圆点。我仿佛看到一个身影，脚步疾速，他从对面的人流中钻出来，从菜市口顺右手往南走过几十步远，拐上路边的高坎儿，钻进那一排绿油油的瓜架，从瓜架后就可以走进他的"莽苍苍斋"——今天落寞无比的谭嗣同故居。这个身影同我擦肩而过，我们对视一眼，似乎看到一个中国文人典型的理想主义者不悔的坚定。

当我在离开的那一刻和身处异地的今夜回眸时，那座院子在脑海的大屏幕上变得格外刺眼。那一天，冬天少有的灿烂阳光打在残破的屋顶上，扑打出一束束裹着如烟往事的灰蒙蒙的光。光束里透射出的一双如锥目光，正细细地审视着四面穿梭的车流，匆匆的脚步，那些用钢筋、水泥、玻璃耸立起来的建筑，也审视着院墙内的一树树悲凉。那悲凉，丝丝缕缕，从时空中渗漏出来。

通往岛上的路

通往岛上的路只有一条，乘船水路。

岛在洞庭湖的什么位置，少年没有一点概念，距离的遥远让他内心摇荡着焦躁，像夜幕下眼睛看不见耳朵却听得到的水声。从湘西大山出发，先是挤了 10 个小时的汽车，车上的乘客大包小包，都是村里出来砍芦苇的人。路上多数时间大家是沉默的，有过一段激烈的讨论是关于芦苇今年的价格判断。卖上好价，收入也会好一些，这是大家的渴盼。喧吵过后汽车里一阵静寂，很多人闭目养神，一个粗胖女人喃喃自语，儿子等着她今年赚的这点钱去登未来媳妇的家门。另一个尖刻的声音"刺"过来，给你媳妇买全套银饰，你还得来砍 10 年，那时候媳妇是别人家娃的娘啦。胖女人瞪了"声音"一眼，扭头望向车窗外，那些景致与她无关。

又不知过了多久，汽车"吱呀"停下，有人喊一声"到了！"，跟夜晚一起陷入瞌睡中的人惊醒，伸懒腰，打哈欠，站起身，搬东西。车厢的灯坏了，大家借着远处晃来的水光，某个人打开手电筒，清理行李，徘徊下车。大家作鸟兽散，三三两两，几声招呼，消失在空旷的夜幕下。再次见面，是在三个月后，大家再次挤一趟车回家。

15 岁的少年第一次出门远行，他扛起装着锅碗瓢盆的行李，磕磕碰碰，循着父亲声音的指引，继续往前走。脚下的泥土是软的，空气是湿的，冷风飕飕地灌进脖子，少年能触摸到那股与山里不同的气息，弥漫的水的气息，在夜晚冻成一层薄纱，能刺啦刺啦撕裂。父亲来过好些次了，每年到芦苇收割的秋冬时节，父亲要跟村里人一道，在湖洲驻扎三个月。等芦苇割完了就回家过年。母亲也来过，不过这次父亲决定让母亲留在家里照顾两块地的粮食、一头牛三只猪的吃食。还有正在读高中的姐姐，父亲割芦苇赚的钱，就是要供姐姐把书读完。对于读书的事，少年从不上心，也无所谓，父亲几顿棍棒教育也不见起色。山里人读个书不容易，父亲摸准了他的心思，默认了儿子的失败。少年读到初中毕业就歇火了，准备跟几个亲戚家的兄长外出打工挣钱见识一下世界，父亲不允，跟我去砍一茬芦苇再说吧。要出远门，到一个陌生的地方，待几个月，少年很兴奋，即使他知道出来是要卖力气的，身体结实的他不怕，他清楚自己现在多出来的就是青春和力气。

出门前，姐姐回来了一趟，听说弟弟要去洞庭湖砍芦苇了，翻来覆去看他的手掌，眼角倏然间就红了。少年明白姐姐的心思，父亲砍芦苇把手砍成了一块生铁，粗糙、锋利，打在他身上咯咯的疼，而他双手还没磨砺过的细嫩皮肤，会发生怎样的变化呢？睡觉前，姐姐躺在床上念了一句他仿佛熟悉的话，"蒹葭苍苍，白露为霜。所谓伊人，在水一方。"姐姐说，这是《诗经》里的，从三千多年前流传下来，里面的蒹葭就是芦苇。另一张床上的少年心头一惊，父亲多次描述过的，那些茎秆高直挺拔、叶穗长袖飘舞般的芦苇，是从那么遥远的时间深处走出来的。少年心中，芦苇并非儿女情长，而是从头到脚生长出侠客隐士把酒临风的飘逸和硬朗。

只见湖面一片深邃，没有尽头，船摇摇晃晃，仿佛是行进在一条狭长黑暗的甬道，只有尾舱机器的轰隆声响，打破了空气中的凝固滞顿。父亲说，要是白天运气好，可以看见江豚，黑溜发光的脊背拱出水面，追逐船只。船有时会经过一片光亮，巨型船舶像一座城堡。父亲说那是挖沙船在作业。湖底会挖空吗？父亲回答，这洞庭湖底，已经千疮百孔了。闪烁的光跟刺骨的风一起荡动，湖仿佛才真正在少年眼前打开，脚下的波浪变换表情，摇曳多姿。少年不敢深想这宽阔水面下的情形，一个个巨洞的上方，急遽的力量卷起漩涡，碰撞，炸裂，再碰撞，再炸裂。

岛是荒岛，离人居的村落很远，离城市更远。来往的人影比不过天空飞过的雁鸭多，但岛上的芦苇不能不砍。父亲冲着芦苇场给出高一点的价格，和两户同乡选择了荒岛生活。从车上到船上，芦苇影子无处不在，重重叠叠压过来。过去芦苇这种多年生禾本植物，在湖区主要是当柴烧，或是编芦席，临时搭个草棚茅屋，涨水时护堤挡浪。进入工业化时代，贱如湖草的芦苇因为体内高达42%的纤维含量，一步登天，成为备受造纸企业欢迎的原料。初冬时节，芦苇花絮随风飘扬，种子落地来年春发，曾经靠天种靠天收的芦苇，巨大的经济效益驱赶着逐利者开辟苇场。苇场雇来的人，像农民种田一样，开沟滤水、烧山整茬、看土施肥、化学除草治虫、人工护青保苗，湖洲滩地，使芦苇独霸一方。

船尾的汽油灯照亮了一片模糊的陆地，少年跳下船，踩在一片松软的苇梗上，苇梗下是更松软的淤泥。父亲警告他，岛说白了就是湖水退去后露出的洲滩，有的地方是泥沼地，不能随意乱跑。又步行一刻钟后，父亲和另两户当家的交头接耳，就各自散开，选地安家。父亲很有经验，砍芦苇、支棚、架床。没有灯，却有光汇聚过来，是水波的光，映在天幕，又照映到湖洲之上。少年帮着父亲把芦苇结实地打成一捆一捆，成了"家"的梁柱，父亲从行李包中翻出折叠整齐的旧尼龙帆布摊开，垒墙、开窗、开门，父亲转眼之间就建成了一间芦苇棚屋。少年听从父亲的指示，再用芦苇压住"墙"角，这样帆布不会随风刮掀。

父亲几乎一夜没睡，他在卧室里搭了两张芦苇床，又新盖了一个屋棚当厨房，然后把带来的家当一件件摆好，还用芦苇编了两把小方凳。少年醒来的时候，天际的曦光蓝白相间，岛上的景象把他震惊了。铺天盖地、一人多高的芦苇丛，摆动着沉甸甸的穗头，密不透风，却又发出飒飒风响，仿佛瞬间就要倒覆过来。早饭后，亢奋的少年拎起弯刀，跃跃欲试。他跟着父亲的示范，顺着芦苇穗垂头和风吹来的方向，弯下腰身，左手夹抱苇秆，刀起苇落，整齐地匍匐在地。这成为少年心中一幅最美的画面。苇秆上原生枝叶的锋利划破了他的手掌，留下道道伤口。少年不怕痛，父亲说，人的一生就是疼痛的一生。他模仿父亲从地上抓一把泥敷在手上，这样感觉好多了。

父亲砍得快，他砍得慢，收割过的芦苇地，空了一大块，风狂命地刮过来，被芦苇的铜墙铁壁挡住，发出一声呜咽又卷土重来。刀割破苇秆的声音窸窸窣窣，像孩子的抽泣。休憩的时候，少年经常看到远处芦苇垛惊飞几只水鸟，打开翅膀，线条般的身影，越飞越远。他想到在苇丛里捡到过的空壳鸟蛋，那是水鸟生命没开始就终结的墓地。

父亲叹息，洞庭湖是块宝地，滩洲上长芦苇，湖里游鱼，湖底出沙，占一样都要发大财，但那是别人的财别人的梦。尾随这些漫天盖地的芦苇，蜂拥而至湖洲之上的苇民，都是从湘西、贵州、四川一些边穷之地，候鸟般飞过来的。割完了，又要飞回去。从芦苇丛到芦苇棚，从睡觉的棚到吃饭的棚，生活圈地的单调让少年感到寂寞，他爱听的手机音乐也不能24小时打开，充一次电他要跑到老远的商店去。他像一头性情无常的豹子，烦躁的时候，把芦苇当成猎物，手中的弯刀像血腥的尖牙随意噬咬。不远处的父亲并不理会，一声不吭地继续，芦苇倒下的地方，平整干净，像打扫过的战场。

　　到秋冬季节，湖区下雨是常事。父亲很烦雨，不能做事，砍得少，就没钱。但少年喜欢这样的日子，不用出工砍芦苇，就独自披戴上父亲编织的苇笠蓑衣，去岛上的小商店和四处转转。小商店设在一连排半坍塌的砖房里，歪歪扭扭的"商店"两个字，字迹模糊。一个小宝笼，玻璃上浊迹斑斑。这几间砖屋没门没窗，也是芦苇编的床，十来个打鱼的汉子住在里面，父亲说这些人是帮当地的渔老板做事。下雨的时候，这些人也窝在屋里，架一个鱼火锅，鱼敞开吃，几瓶便宜的白酒，把被岛上湿气浸润的身体烧得热气腾腾。少年被邀请喝过一次，劣质酒辛辣刺喉，他话少，跟渔民不知怎么交流，问一句答一句。下蛊、赶尸、傩戏、米酒、山寨、崖壁，少年的家乡物事对这些人来说，充满着好奇。但少年对墙上、屋角悬挂和堆放的渔网、渔刀、渔叉等恋恋不舍，他很想跟着这些渔具去捕一次鱼。有一回，少年看到几个汉子挑回来满筐满筐的鱼，很小的鱼，像是鱼种，他也不明白他们要把这么小的鱼送到哪里去。那个整天嘴里嚼着槟榔的青皮后生白了他一眼，说了四个字，"送去喂鱼"。

　　第一次听说鱼吃鱼，少年不解。但不解的事情有一天迟早会解开，即使解不开也没关系，过些天就忘了。人有那么多的烦恼，不会因为一次不解而郁结终生。打鱼的汉子都喜欢拼酒，胸膛喝得红通通的，能把芦苇点燃。突然青皮后生向少年吹嘘见过的一种庞大机器，那是厂家正在试用的芦苇收割机，一天能割800亩，一个壮劳力呢，一天顶破天割不到一亩半。青皮后生突然忧伤地说，明年那些包工头联合起来买了机器，就不要雇这么多劳动力了，也许明年就再见不到你了。少年不以为然，他其实并不想像父亲一样，成为这种原始作业劳动者，他可以去朋友们提到过的城市，在那里打拼赚钱，赚很多的钱，把父母、姐姐都接到城里来。而到现在为止，这次是他最远的一次出门，除了县城，他还没去过真正的城市。

这次向来严肃的父亲在岛上干得很欢心，他偷偷欣赏儿子的卖力，会咧嘴粲然一笑。一天晚上他破例给少年倒了一小杯从家里带来的酒，掐着指头算，你每天能砍 80 多捆，按每捆一块计算，一天能得到 80 多块钱，三个月下来，除去下雨、开销，回家过年的时候差不多可以领到 6000 多块钱。当然父亲得到的会更多，他的力气大，很多时候，少年累了就不砍了，就一个人回到窝棚里倒头睡觉，有时他从一个短暂的梦中醒来父亲还没回，外面的天空已拉上厚厚的帷幕。少年跟父亲提到青皮后生说过的机器，父亲早就知道有工厂在生产这样的机器，他说，不多想，人活在这世上，总有一条活路。他又说，机器议论好几年了，包工头们嫌太贵，不愿买这种性能不稳定的机器。如果真有那一天，有一大半以上的人会不再被雇用，每年入秋的时候，再也不会有人通知他们村里的人"去洞庭湖砍芦苇"了。嗟叹的父亲说完这些，倒头就睡着了，更多的时候他砍累了回来，只顾沉默地抽烟，不说一句话。

少年的很多梦来自岛上，还有把岛围住的大湖。白日所见，为夜所梦。他梦见姐姐也来了，两人在芦苇荡里你追我赶，乳白色的苇穗，柔软，芬芳，拂过脸庞，又像姐姐的长发一样飘扬。他们一路奔跑，芦苇让开一条道，路很远，风吹来托起两个年轻的身体。还有一次是跟青皮后生去捕鱼，在浅水的淤泥里埋伏好长长的地笼王，不一会儿，这种长长的网兜里便游进来各种欢蹦乱跳的鱼，他抓一条，鱼味溜滑走，摔落湖面，溅起泥浆。这些梦给他带来愉快，但也有些狂风暴雨中在岛上迷失跌落黑洞的噩梦让他惊吓出一身冷汗。父亲警告过他，湖洲有些邻水的泥沼地是不能去的，陷进里面就再也起不来，谁也救不了。

岛上的日子过得很缓慢，也很迅疾。天不会一直下雨，少年还想着回家，就得拿起弯刀，走向那片仿佛永远也砍不完的芦苇地。姐姐有天晚上打来电话，很沮丧，她想寒假来岛上看望弟弟，但母亲不答应。末了，她问那叫什么岛？少年愣了愣，煤炭湾、腰角、卢荻洲、差齐岬、鬼目滩，这些都是他这些日子里听到岛上渔民的称谓，他想不明白为什么一个小岛要披挂这么多名字。他岔开话，说明天问清楚了再告诉她。他躺在厚厚的芦苇床上，想，岛太大了，他要飞多高才能看得清岛长的样子。也许，这岛上到处都是一个模样，芦苇丛，皱裂的土地，铧开的沟渠，平静的水面，踟蹰的水鸟。

当芦苇收割接近尾声时，少年比以前更加卖力，每天的成果不断增加，这样父亲会爽快地答允他夜里可以去砖屋的汉子们那里玩。少年一直惦记青皮后生的一个承诺，要驾驶那种蒲滚船带他去湖上捕一次鱼，这种船像巨大的拖拉机头，长着巨大的铁片脚，引擎发动后会激起雪花般的泥片。一片片，坠落下来，在水光下炫眼极了。那天晚上，后生又喝多了，他们发了半个月的工钱，小商店里的酒被买空了。少年很恼火，一个人偷偷取出挂在墙上的鱼夹，去了几里地外的捕鱼水域。

第二年冬天洞庭湖的水位更低，湖洲上的芦苇长得更茂盛，渔民捡到一件缠着水蓑衣和葫草的皮夹克，青皮后生认出了是来砍芦苇的湘西少年穿过的。他在那个夜晚消失了，后半夜一场暴雨，汹涌、凄厉，好像四面八方传来求救的声音，而岛上的父亲与汉子们都在酒精的催眠下酣睡。次日，所有人都帮着父亲寻找，雨把脚印冲洗，没有行船离岛的痕迹。整整三日，音信杳无。大家最后断定少年陷进了泥沼地。

岛上渔民那天跟我讲述少年的故事时，还提到了那个远在大山的姐姐。她在弟弟失踪的那天夜里收到了一条短信。现在大致可以想象，是少年发现自己再也逃离不了这岛上的最后时刻，从上衣口袋里取出了手机，借着屏幕细微的光，给姐姐发了条短信，那是他在这世界活着的最后证明。他告诉姐姐——

通往岛上的路只有一条，乘船水路。

第三辑

幻象，幻象

小旅馆

我们鱼贯而入。在小旅馆的门口。

每天的这个时刻，白日的微光逐渐被次第亮起的路灯、招牌灯散射出的或柔媚或刺眼的光芒抵抗、遮掩的时刻，总有一些人，他们或她们，或者不间断地小住几天的我们，三三两两地聚集成堆，或者一窝蜂地钻出来，挤在小旅馆门口并不宽敞的水泥坪上。然后鱼，贯，而，入。

小旅馆，在这座小县城里，名气就像它的规模，一般般。称谓小旅馆，是人们的习惯，还有那些的确很窄的门面。如果想要准确地描述它的位置，应该存在三种方式：桥东胜利农贸市场右侧150米；桥东陵园路171号；湘运汽车站斜对面——老张医师诊所隔壁。对于第三种表达，是因为这家诊所的招牌，白底红色行楷字的招牌，无论白天还是晚上都十分醒目。许多人，尤其是一些女人，是这家诊所的常客，不一定是看病，可能是闲聊，问些生活小常识，间搭买点必用品。然后从诊所出来，走过那条四五米长的煤渣铺成的路，再走进这被称为"隔壁"的小旅馆。

小旅馆有姓有名，一个听起来有点老态龙钟而又充溢着美好气息的词语——喜临门。多年前取的名字，不知道这些年小旅馆里有多少算得上的喜事降临过。但据大家的议论，曾经几易其主的旅馆老板，一个比一个显得精瘦，油水被前面的主儿刮得越来越薄了。我曾经路过的一次，正好目睹公安的四辆警车一溜子排在小旅馆门口，车顶的红警灯忽闪忽闪的，尖厉的叫嚣声吓得那些围在车站附近的无证经营小贩落荒而逃。开始大家以为是抓那些暗里出没的皮肉生意，纷纷拥挤在门口，想看见那些垂头丧气的男人和无所谓的异地女子是怎样钻进警车里的。大家想象着等待几个光溜溜或至少露点什么的身体出现，可那天的结果是一拨人一拨人换岗似的等到最后，终于看见几个警察抬着蒙着白布的担架出来，有一双脚因为担架的倾斜不慎露出而成为供人猜测的"根源"。至于这双脚的主人的年龄和身份在接下来以后的一段时间里被唾沫四溅地流传。最后的怀疑对象落在一个老年男子和一个靠身体谋生的中年女子身上。一个因为过度兴奋用力过猛另一个因为接客过多。关于前者用药的说法是从诊所传开的，他们证实那个老年男子曾在诊所的当街玻璃柜台里买走过壮阳之类的药物，而且"那男的一看就是常年四季在外面搞这种事的男人，只能靠药物了"。有人这么说，立刻有人顶去一句："这事，谁不搞这事呢？"而关于中年女子的判断是，与她有过交道的人发现这个叫"阿兰"的女子神秘失踪了，就在那天下午。失踪说明了什么呢？这个从邻省来的女子，一度孤独地靠自己养活自己，她还从邮局寄走过几笔小数额的钱。也许有人认识她，甚至有过亲密接触，但她"失踪"了，再也没有在县城里出现过。倒是几年后有人说在另一个城市的火车站出口处看到过衣着光鲜的阿兰，拉扯着一个西装革履的男人，一看就让人明白还是干着那营生。只要她还活着就好，诊所的老张医生叹着气说。

　　我第一次走进小旅馆是8岁那年。一个8岁的孩子对它的记忆保留在一些模糊的片段上。模糊，是因为8岁的年龄段对经历事物的记忆提取的随意性。那红色油漆新刷过后的鲜亮地面，深橘黄色的高柜台，两盆新鲜得很的假花，墙壁中间悬挂着别人赠送的玻璃框，左上角写着"开张喜庆·生意兴隆"，而框着的是那时十分畅销的迎客松图。太阳照着山岭上的一棵大松树，也照在中年胖女老板长着三个下巴的笑脸上，松树展开的浓密枝叶寓示着展翅的鲲鹏。当然有关鲲鹏有关画是我父亲的朋友，那天把我从老家小镇带到县城出差的朱叔叔讲解的。那天晚上我和他挤睡在一张床上，另一张床上的客人不知为何深夜未归。朱叔叔的呼噜声响亮，在白天我见过的松树和想象中的所谓鲲鹏之间变幻，俯冲下来钻进我的耳朵里，我一直睡不进梦里去。也不仅是呼噜声的原因，我想家了，想父母和家里的小床，还有对那间双人房我的新奇感一直没消退。

我仍然记得这间位于狭长走廊东头的双人房，简单的布置局限在两张床，一个木质洗脸架，两把可以坐两个我的平藤椅、一张四方桌子和一台 14 英寸的黑白韶峰牌电视机上。所有的家具都是那种新的橘黄色，亮眼得很，房间里散发出油漆的气息在鼻子里干巴巴地痒。那天晚上，我小心翼翼地拨弄着电视机上的旋钮，雪花点一直不停地闪烁，很遗憾的是电视台没有节目。我的心情像那些雪花点样地说不清楚滋味。我的手在旋钮上用力，隔一阵隔一阵地用力，我甚至怀疑电视机坏了。可这台取自伟人故乡特征性事物的"韶峰"品牌，在当时的名气是众口相传出来的。这个词语曾经在县城，以及小镇、乡村里的多少张嘴里滚来滚去，仿佛这不是简单的一个词，而是一颗令孩子们落口水并且骄傲得不愿吞化的糖。

那个晚上的睡眠完全脱离了平常的轨道。我睁开眼睛，月光透过玻璃窗洒射在桌椅上、电视机上、洗脸架的大牡丹花瓷盆上。一种淡淡而晶莹的白，刺眼，无所顾忌。我连忙闭上眼睛，一片静谧，揉散了呼噜声。我迷迷糊糊地睡了，又在朱叔叔下床撒尿的时刻醒来，他晚上喝多了酒，进进出出地上了四五趟厕所。我不作声，但他每次下床上床弄出的一丝丝响动都钻进了耳朵里。

这个在 8 岁孩子眼中完全是"新"的小旅馆，在我时隔 13 年之后的再次进入，一切都蒙上了"旧"的色彩。旧里还张扬地显示出残破。挂玻璃框的墙上留下一个"背影"，换了一面早已歇息着的挂钟，也不知在这里，时间停了多久。假花不见了，柜台的位置没变，因为只有那个角落才能容得下这个大厅里唯一的庞然大物。只是柜台表面磨损得厉害，深橘黄的颜色早已脱落，多少汗津津或者做过别的事的手，在柜台上摸过来，擦过去，留在了小旅馆的记忆里。那天下午，大街上的阳光灿烂，而小旅馆里显得格外地萎缩黯然甚至阴沁，我的身高已经允许自己自由地往柜台里探视，原来这么脏乱呀，与我 8 岁时的渴望与想象要差远了。笔、卷边的记录本、茶杯、计算器、过期的报纸以及更多零七八碎的小东西，都那么自然地袒露在视野里。

这一次我没在这里留宿，房子里的潮湿，地面漆的剥落，藤椅不见了，床单的不洁以及床褥摸上去的湿腻感，都构成我不留宿的借口。我看到柜台后墙壁上的小黑板上用白广告粉标示的价格：五人间：5 元；三人间：10 元；两人间：15 元；单人间：25 元。这是我见过的最便宜的地方了。还有我听闻里别人冠上小旅馆"鸡棚"的外号。这个道听途说的绰号取得颇为有趣。在当地人的嘴巴里，它和阴暗、潮湿、肮脏、疾病等有关，我内心明白，这里是许多异地或本地乡下女子的活命地。她们的身体，曾在每一张床上滚动过，每一张床单，都应多少残留些她们身体里的芬芳。

我在小旅馆待了两个多小时，是去看望一个人，我找他聊天，记下一些我想要得到的事件。然后，我甩给他两包精白沙烟，在一个电话的催促下匆忙离开了。

我与小旅馆的这种过客与主人的关系，让我谈不出什么它对我的影响或者别的更多内容。有许多东西，生命中注定了相遇，而"相遇"这个被我描述过多次且让我珍爱它的词语，又一次将相遇的对象推到更多眼球前面。这里要补充的一点是，在县城里发生的那次较大规模的拆迁改建中，从桥东路西头朝东开拓，但恰好到小旅馆的隔壁就终止了。那间老张记小诊所搬走了，到县城北门的更大一处门面继续生意兴隆着。那些女子要买些生活用的东西，可能要远走一段路到一家小医药超市去。现在我们若是要对小旅馆再进行位置的描述，已经发生了改变：胜利农贸市场背面，胜利路171号，湘运汽车站斜对面——家乐多超市的隔壁。超市在那条煤渣路上铺了水泥，到小旅馆的门口，一边很新，一边很旧。小旅馆一天到晚似乎还围着不少人，大家鱼贯而入，又鱼贯而出。因为从那里的一扇小侧门，可以插近路到新的胜利农贸市场，节约5~8分钟时间。

我去那县城的次数越来越少，但再少也还一定要回去。因为新公路的开辟，有时我会沿另一条公路横穿过县城，与小旅馆擦肩而过。也有几次，我看到小旅馆在车窗外，像一个在花园里晒太阳的老头，表情冷淡、静默，旁边门脸比它新炫的各种店子的喧闹声毫不在意地淹没了它。

夜发生

"夜晚可以发生的事情很多。"

说这句话，或是讨论这个问题时，是去异地看望一位少年时代的朋友 Z。

多年来，我们很少见面，却互相洞悉对方的讯息，聊得最多的是理想规划实践的话题。一段时光过去，偶尔他会主动来条短信：最近如何了，又将如何了。当然是好消息，好消息传来的另一层含义就是，你怎样？你曾经的计划目标是否实现？这种少年时代最经常的互相鼓励的方式我们延续至今。

Z 和我年龄相仿，却有些催老。原因是一直在生意场上疲于奔波。他的个人史就是一部奔波的小说。奔波中写着许多内容：应酬、焦虑、钩心斗角、虚以委蛇、欺骗的承诺、挖第一桶金、千金散尽。幸好他从奔波中杀出一条"血路"，有了一个令人羡慕的现实结果：占地近百亩的厂房、外贸订单、宝马车、紧邻江边的观景房……

那次探望的晚餐后，Z 带我们去城里最好的 K 厅唱歌。到了这类消费不菲之地，仿佛进入他的地盘。那些衣着艳丽暴露的"公主"莺声燕尔、秋波荡漾，投怀送抱，散发着让人迷醉的气息。我们的眼前摆放着她们，也摆放着喝干净又会迅速冒泡满上的啤酒杯。

"夜晚可以发生的事情很多。"酒至半酣，和 Z 走出喧闹的包厢，在过道的休息室内抽烟透气。突然冒出这么一句话的 Z，嘴角挂着一丝异样的神情。他叹了口气说，这几年，陪客户、陪"关系"，喝酒、唱歌、打牌，生意就是在杯子、桌子和裙子之间谈成的。声色犬马，生意场上你只有一个朋友叫利益，真累。

我问，你感到孤独？是内心深处的落寞。

他说，身后公司那些业务、那一帮子人，都拿着鞭子在抽赶，我已经不是一个人的我了。他又叹息一声，现在最幸福的就是公司一摊子事不要我管，带着孩子去江边的沙滩上玩。

我说，比起那些衣着光鲜的"公主"，整夜陪着客人喝酒、扮笑，你还会有比她们更孤独的感觉吗？

Z 沉默了片刻，然后说，我给你讲个故事吧。

我点点头。

他说，大概一年前，也是在这里陪客户，一个很年轻、长相清纯的"公主"陪我喝酒。女孩不能喝，却不禁劝，喝完就吐，吐了又喝。那天唱歌很高兴，女孩很可爱，那种感觉与以往的"公主"不一样，好几次，她贴着我的耳朵说话震得耳道里很重的回响敲打着耳膜，我竟然发现自己的手在抖。这样的场合我来少了吗？我都不知道为什么会这样。后来关系熟了，每次去唱歌，我都会点这个"公主"陪。一次，我问女孩，为什么年轻轻地出来做"公主"？女孩说，为什么来这里找乐子的男人都会问这样的问题？

过了段日子，我把女孩带出来。没有 K 厅的喧闹依靠，她有些紧张，连同害怕，是从骨子里透出来的。我抱着她，像抱着一团柔软的冰凉。等她缓缓回温，我的身体却冷下去。她给我讲述她过去的经历，说到她母亲是个精神疾病患者，为了给母亲治病，她不得不走上这样一条挣钱的"捷径"。说起母亲，无疑是女孩心底最大的一块阴影。她母亲有幻听妄想症。夜幕降临，房屋散落的农村显得格外安宁，她母亲就开始进入一个喧闹的世界。在这个世界里，不时会有人与她说话，或者别人在她面前毫无顾忌地争吵、打斗。在她母亲的幻觉中，那是一个怎样的世界，那种日复一日的喧闹，在正常人眼中是多么不可理喻。万般无奈之下，家人只好举债送母亲去医院治疗。住院的日子，她母亲幻听的时间一长，就会忍不住为所听到的内容着急、叫喊、大笑。同病室的人无法忍受一个神情痴呆的人一惊一乍地存在着。家人找医生想办法，医生给出的对策就是增加用药剂量。

我环顾，竟然以为穿梭在过道里的摩登女孩中，会突然奔出来一个，说，让我来讲述自己的故事吧。女孩的讲述一定会有更多打动人的细节。可 Z 说，女孩离开好几个月了。他说，这里的人几乎多数都知道女孩母亲的故事，以至后来他都开始怀疑，是不是女孩故意编造的一个谎言。可现在他所知道的是，这个曾被认为的"谎言"，撕开包裹着它的那层纱，里面的结果令人惊悚。女孩母亲在成倍药片的作用下，真的治好了幻听的病。可家人还没来得及高兴，10 多天后，母亲夜里偷偷跳沉在家门口的池塘里。

我问，她已经不习惯一个安静的世界。

Z 说，可怜的母亲太孤独了。

我问，女孩呢？

Z 说，后来我忙于工业园新征地的开发，加上频繁出差，与女孩疏远了联络。直到前不久来这里，他无意中听另一个"公主"说起，这女孩也神经异常了，陪客人时经常性地酗酒，而且语无伦次，说是孤独杀死了她母亲，她要复仇，去杀死孤独。再后来，女孩在这里干不下去，搬进了精神病院。可没人知道这女孩的真实身份和准确居住地。

Z 忧郁地说，我一直想找到那个女孩，可她至今下落不明。

夜晚诞生孤独，女孩的下落不明是否加重了朋友 Z 夜晚的孤独？

那天深夜，我们走出 K 厅，和那些美丽的"公主"贴面告别。在缓缓下落的电梯里，窗外城市灯火通明。透过电梯玻璃映照出的光影里，这些美丽的"公主"，像逡巡般整齐有序地走过，长睫毛、大眼睛、赤色卷发、闪烁着沙粒般晶光的皮肤，一杯杯酒水的灌溉毫不畏惧、推辞，而一旦她们躺在机器床前时，那美丽头颅的切口里露出来的是一束束红黄蓝的金属管线。那一刻，躲藏在灯红酒绿背后的乏味、无聊、孤独，有如巨大海啸将心灵上的建筑席卷一空。

很多的话题，很多的人生故事，在夜晚被人掰开，就会披上另一件外衣，带来微光扑闪般的念想。那个女孩寻找的神秘世界，她母亲能走进去、能看到、能听到，且独享着外人无法感知的精妙。有一天，当外来的力量炸毁了通往这个神秘世界的所有通道，被关在外面的母亲只能焦急地、声嘶力竭地、无可奈何地吼叫，没有任何回应。这样的孤独，孤独到不再想活在这个热闹的世界了。而重蹈覆辙的女孩，是病的遗传，或现实生活的压力，让她坍塌了属于自己的世界之门。

接连的一段日子，Z 所叙述的女孩会在我眼前走过来走过去。她的面容姣美，却没有让人记住的特点，仿佛日本漫画中的美少女，眼睛、鼻梁、耳垂、下巴、手指、胸部，弧线流畅，肌肤似雪，像一件光滑看不到褶皱的瓷器。你控制不住地想去抚摸，可一触碰，她就碎成了一摊水迹，然后蒸发消失。

趁着沉默的夜色消散的人和事还有更多。几年前恋爱的一段时光，会经常去迎宾路上一家叫"西雅图"的酒吧。它像一个隐藏于地下的城堡，每个人都要走过大理石铺成的阶梯，一点点地沉下去，像一艘沦陷的海轮。跟随沉沦的过程，灯光与音乐渐渐地呈现，现出一幅你渴望与幻想的图案。后来，它改头换面成"西雅图休闲会所"，在大街面上用霓虹灯与彩灯修饰出一个脱不了俗气的庞然大物。但这时很多的老顾客已经不喜欢了。"地下"所营造的某种气场，是地面上的西雅图无法比拟的。

那些在"地下"流连的夜晚，我经常坐到零点之后。那个我不记得名字的长发女歌手，经常气喘吁吁地跑来做最后收场。她声音里有沙哑而坚硬的"果核"，又能在尖厉的时节自然放开。我喜欢她声音中那些莫名的内容，因而喜欢上她整个人。很多次，她也是在零点后撤离。我胆怯得从没有想过上前搭讪，而只是看着她一个人背着吉他，拖着有些疲倦的脚步，钻进不远处的夜色之中。

还有一个朋友的女友，谈婚论嫁生活正欢，多次参加我们的聚会，却不幸丧身在高速车祸中。朋友因此离开这座城市远走他乡。我是在"西雅图"和她见过的最后一面。印象最深的是在公用盥洗间，我用冷水清醒喝多酒的额头，猛然间抬头看见镜子里补完妆的她，看上去非常素净，非常缥缈。

听到那个不幸的消息后，我几次从"地下"钻出地面时，固执地认定看见了她，在眼前疾步走过，背影伸手可及。她偶然间回头，面容妆饰如同那次在盥洗间的相遇。我很高兴地叫着她的名字，想赶上去抓住她，像是她从来没有离开过。但她总是消失在就快要触及的一刹那，在某个拐弯暗处，在三两人群中，在什么也没有的树影下，无缘无故地消失。也许在夜晚的零点，一天与另一天的临界点，也是虚幻与真实的临界点，许多的人都会以一种奇异的方式相遇瞬间。

斯图亚特王朝的诗人告诫人们，"夜晚已经降临，我们赶紧回到家中""家是一个人的城堡"。可人们多少都有过夜游的经历。曾经夜归的途中，我遇到过那些被唤作"夜游神"的青年男女，戴着贬义的头套。那些上夜班的出租车司机，习惯性地守候在夜店附近，或跟在一些夜归者的身后，等待着招手或挥手。路旁 IC 卡公用电话机，总有女孩在煲电话粥，有时是欢笑和撒娇，有时是哭泣和吵闹，那些背影里有许多故事可以向人倾诉。只有夜晚在偷窃她们的秘密。

一个人的成长，总是要与夜晚同行。我记忆中清晰地刻着2000 年第一缕曙光到来前的夜晚。这个时间点也许还会唤起你的某些回忆，那是个全国各大城市交通无比拥堵的夜晚。

夜幕笼罩着繁华的省城。我奔跑着去电话里约好的地点见一个长者。我眼睛里晃动的车流人流像是从地下直接喷涌而出，无法阻挡。巨大的城市广场里凯歌高奏、焰火齐射、欢呼声震耳欲聋。当时只有少数人，其中有我，像一尾溯水而行的鱼，向着相反的方向快步行走。我不断地碰到男人女人的手臂，小孩手中的气球，汽车行进缓慢，人声与汽笛声形成一个嘈杂的声场包围过来。我的耳朵里是嗡嗡一片，偶尔间一两声巨大的礼炮鸣响和惊呼声，让耳膜受刺激地震荡几下。我感觉到自己在这种环境下迷路了，对于原本不熟悉的城市，在这个欢庆的夜晚，我却是要做一件与大家意愿不同的事情。我发现电话中的不远距离，自己却总是遥不可及。附近楼宇的灯光折射进我的眼睛，一阵阵眩晕就海浪般袭击过来。那一刻，我不知道前方有多远，更多的是感觉到一条没有尽头的路和科幻片中复制的机器人潮，会突然间把我吞没。我迷失了方向，也迷失了时间。在后来的日子里，我对这座遐迩闻名的城市持有戒心，并拒绝它的诱惑，因为它曾经将一个迷失的人陷入更深的迷失之中。

"夜晚可以发生的事情很多。"再来咀嚼这长着翅膀的句子，就会生发出一些"地表之下"的思考。闪烁的霓虹、流动的车灯、人影幢幢的娱乐场所、推杯换盏的夜宴、时髦女郎的欲露还遮……城市夜晚的辞海中删除了"安宁"，却在墨色的涂鸦中增添了喧嚣、孤独、罪恶。夜晚知道每个人的欲望和秘密——那一些过去的，夜归，深夜号叫，消夜酗酒，胆战心惊的幽会，以为无人知晓的道德背叛，暗巷中的哭泣、争吵、打斗，听到隔壁房间传来摇晃的声音而夜不能寐，K 厅里变形的歌声和令人窒息的脂粉，通夜牌战的萎靡身体和"厮杀"后的欲望勃起……改变了人的另一副面孔。

也许夜晚才是一个真实自我的展现。某一天，人们编辑多卷本"黑夜史"来做诸多表达，归结到一点，夜晚其实是不断需要自我调整的时刻……

曾经多次向朋友们炫耀一次荒诞的外出，没有目的地，突如其来的冲动，跟随人流挤进车站，跟随一列疾驰的火车进入夜晚，那时很幼稚地追着理想，追着与一行诗的遭遇——"看一眼窗外，夜色的部队逼近/三生的力量也不足抵挡"。那种年轻时的无所适从和浮浮沉沉的幻灭，隐藏着一种对俗世生活的莫大悲悯。再度琢磨这两句诗，让我怔怔地怀想起那些买不起卧铺只能挤进声音嘈杂气味混乱的时光，以及越走越远的青春长夜中潜伏的孤独……

灰　霾

　　我的身体又开始悸痛了。就像那翅翼在遥远的密林里的一次扇动，裹在远涉重洋的气流里，跟随春天降落在身体的深处。

　　窗台上的淅沥雨声，把这个乍暖还寒的春天锁定在绵绵的雨季。没有接到采访任务，大半个上午就在半睡半醒之间，和晦涩的春光一起消逝。先是莫名其妙地担忧，隐隐发作的不安，然后是无头无尾的迷惘。仿佛是奔跑在一条绳索的两端，一边想象着前一个采访稿中出现的失误，一边猜测着下一个采访活动的内容，内心就在渴盼与抵拒之中矛盾地纠缠不休，又无处倾诉。朋友说，这是强迫症在时政记者身上的典型症状。倘若果真如此，我从未想过同"强迫症"交手，但朋友所经历的那些表征与我的体验又是如此相似。

　　"强迫症"的副作用像把精巧的刀切割着"我的生活"这块蛋糕。断断续续的一段日子，后半夜惊醒后就再难以入睡。有时是被一个无端的梦搅得迷失重返睡眠的方向，有时是忐忑不安地强迫自己冥想，对第二天工作的忧虑，过去对某人言语不当的自责，更多是对未来毫无来由的恐慌。这些，在体内集合成了一种真实的痛。

　　痛，像是一只"切斯特郡的猫"。在英国怪异小说《爱丽丝漫游奇境》中，那只猫随心所欲地出现或消失，但会给人留下令人担忧的微笑。身体上的痛竟然伴随着微笑？匪夷所思。

"你去看看医生吧。"身边的人重复这善意的提醒。我无动于衷，寻找理由搪塞，或无所事事地磨蹭掉休息的时间。这一切都因为我从小就讳疾忌医。强烈的侥幸心理和暂缓性的舒适，把过去的隐痛和恐忧给淹没了。我祈盼那真的只是暂时性的"强迫症"引发的不适，我的那些肉体器官还是循规蹈矩地正常着。但另一个念头无可逃避地、像一头笨重的河马时不时地冒出水面，喘上几口粗重的鼻息。"也许是一种隐疾，无法解破的生命密码。"我小心翼翼地怀揣这一为人嗤笑的念头，像捧着的潘多拉魔盒，虽然炙手，但无法逃脱。

安静和清醒的时刻，我会琢磨那"切斯特郡猫式痛"，是源于精神上的那厚重的阴霾，还是身体的隐疾？如果真有隐疾的话，那它就是从一次洗脚中被发现的。

那次，跟随一个省级采访团报道。冬末春初，雨下得清清冷冷，让人昏昏沉沉。采访对象是一个单位，并非个人。午饭后的空档，采访单位把我们请进据说是县城最大的一个洗脚城。众所周知"洗脚"是这个县城茶余饭后十分时兴的一项"娱乐活动"。于是洗脚城的大厅迅速被我们占据了。30来张躺椅呈圆弧形排列，圆心是一个转动的玻璃水池，有个小喷泉，红蓝绿相间的小彩灯，闪闪烁烁。我们鱼贯而入，找位坐下，等待。洗脚城可能是首次一次性地容纳这么大的团队，安静的大厅顿时喧闹起来。年轻的洗脚妹，抱着个小木桶，羞羞答答地走进来，但不可能一下子撞上对等的人数。于是这些临时认识的同行互相谦让着：你先来，先给这位"领导"洗。人慢慢地多了，有人嘻嘻哈哈地和洗脚妹调侃，无非是从"你是本地人吗"开始。然后不咸不淡地问答。多数洗脚妹并不太热情地配合这种调侃，只是一声不吭地埋头完成着规定的程序，偶尔会在"下手"时问一句："力度重吗？"

我坐在圆弧形的一个缺口位置上，想睡，又睡不着。在午后休憩的时光，搭话显得有些多余和无趣。洗脚妹长相一般，手法和力道都感觉不错。她在做颈部放松按摩时主动提问，你们都是记者？我心里咯噔一下，你知道？你们进来时，领班就说了。她笑着应答，但我的后脑勺看不到微笑。在她的眼里，这么多记者一起洗脚，在该洗脚城恐怕算得上是一大新闻了。

泡在木桶里的脚开始发红，随之身体也跟着慢慢发热。有次看电视节目中讲到保健时，说人的脚部很多穴位均对应着身体的一个区域。具体对应的地方，当时记得几个，后来全忘了。我把疑虑抛给洗脚妹，她很认真地按着脚板的几个穴位，问，这里，痛吗？于是，我的疼痛开始在眼睛，接着是肠胃，然后到了颈椎。我很紧张地说，都痛。

旁边那位省台记者猛地支起臃肿的身体，和我对视一眼。他说，人有许多疾病是生下来就跟你玩躲猫猫的。到了一定时候，常常会猝不及防地蹦跳出来，有时可能并不见得是什么不治之症，人却都是被吓坏的。一旦消失的事物重新出现，人的心理就扛不住，身体进而每况愈下，有时未尝不是件好事，不是种提醒，让我们意识到生命的限度、身体的负荷、生活的节制。胖同行是一路采访中最多"思考"的一个，看着他笨重的体型，我寻思，难道那些与肥胖有关的糖尿病、高血压等疾病没有在他身上光临？

但胖同行一番入情入理的话让我难过得只有保持缄默。疼痛在洗脚妹的手指间继续传递。我忍不住同她交流我所感觉到的疼痛，从怀疑到确定。我要她帮我证明，一定是肠胃、颈椎或者其他地方出了问题。可她却微笑着宽慰我，像你们这种职业，多少都会有一些，不过注意调节和休息，多锻炼锻炼就好了，只是小毛病，不要太紧张。她甚至还半认真半玩笑似的说，以后多来这里洗洗脚就好了。

真的只是小毛病？又一个声音否定了她的轻描淡写。我毫不动摇地断定，那比一般的肠胃病、颈椎病严重得多的隐疾，像特务一样隐匿至深的疾患终于浮上来了。

结束采访的次日，我找到了一位从医的旧同学。旧同学因为趋从于父亲的威严，弃文从医，可他似乎并不为身肩救死扶伤的职责而有所荣光，却在应酬中练出了酒量，也摸索到一条"人生结论"：多数人的生活都是庸碌的。他像接待每一位病人一样接待了我，在听我的描述时，他的蓝墨水笔在药方笺上写着：呕吐　恶心　腹胀……胃胃胃胃。

"那平日若隐若现的痛，就是从身体那个叫胃的地方向四周散播的？"瞅了眼他那慢条斯理的书写，我心想。

我说我讲完了，却又回忆起一段清晨漱口时令人难受的一幕。强烈的呕吐感令人窒息，恨不能把肠胃掏出来晾晾阳光，胃水或是胆水，酸涩涩的，顺着洗脸池的下水管道口同流水一起冲走。

同学说，去做个胃镜如何？八成是胃病，你不太注意生活规律，熬夜写稿，暴饮暴食，工作压力大。人的神经过度紧张往往会造成胃部痉挛……除了反感做那个胃镜之外，我很同意他的每一句话。我仿佛已经感觉到一个探头似的东西从口腔、喉咙、食道伸进胃部，像探囊取物似的，我又要呕吐了。

"不做了，太忙了，我要走了。"最终我找个借口拒绝了做胃镜的建议，主动把尚未确诊的胃病冠到了自己头上，甚至连药方也没开，就带着同学说的药名离开了医院。在那些大街小巷林立的医药超市，我很容易就买到了同学提议"先试一试"的药。多潘立酮片。其实它还有一个过去大家更习惯的名称：吗丁啉。其功能是促进胃肠道的蠕动和张力恢复，以及胃排空……

一次未做的胃镜检查，让我开始检点自己的生活。"规律饮食、定时定量、温度适宜、细嚼慢咽、饮水择时、注意防寒、避免刺激、补充维生素……"我的耳边开始响起这些约束行为的"叮嘱"。为此，我会慎重地考虑早餐，不吃油炸食物，因为不容易消化，会加重消化道负担，多吃会引起消化不良，还会使血脂增高。少吃腌制食物，少吃生冷食物刺激性食物……

这一切都伴随着疼痛和不安穿梭在我的生活之中。我对自己的约束达到前所未有的重视高度。"一个人无法逃脱疾病的纠缠，往往在健康时又忽略了那些隐藏的疾病。任何疾病都是在不规矩的言行里埋伏着。"我自以为是地获得这一新的认识。

吗丁啉给胃提供的动力，似乎有效地制服了那捣蛋的疼痛。我是那种典型好了伤疤忘了痛的人。又开始一个时政记者没有终点的忙碌。

春天是跟着"温暖"一起到来的。那段日子，我跑得最多的采访就是跟紧随市领导，到乡下给特困群体"送温暖"。温暖每年都会光顾一回。有一天，天空一扫阴霾，我们到一个山区县马不停蹄地看望复员伤残军人、特困农民代表。他们或是身体残疾丧失劳动能力，或是一场大病的冲击让这个家焦头烂额。领导曾在这个贫困县当过几年的"一把手"，过去和现在的变化令他睹物思情，心潮起伏。

"规定动作"完成后，领导说要绕道去看一个人。走到大兴土木、焕然一新的县工业园附近，公路两边都是一些新建的两层小楼房，那户人家的房子找不见了。下车后，方位感顿失的领导找到当地一个老人，描述要找的这个人：一个老妇人，应该有八十大几，一儿一女，儿子智障，女儿瘫痪。老人若有所思，很快明白要找的对象是谁。他带我们穿过不远处楼群间的狭窄过道，找到了一间大概还是 20 世纪六七十年代建的土砖屋。除了一丘丘划割得七零八落的田土，多数人家的房子都"换代升级"，再差也是红砖房，土砖屋看上去格外孤独，可见我们寻访的这户人家条件之差。屋门掩着，没有上锁，引路的老人喊了几声，无人回应。闻讯赶来的村主任推开门，只见低矮的屋内一团漆黑。阳光跟着我们一同跨进，一张看上去零乱湿漉的床，半墙高的柴禾垛，占得狭小的耳房满满当当的。走进略显宽敞的灶房，零乱堆放的树枝，烟熏火燎后黑黢黢的墙壁，灶膛里有微火，一个身材矮小的老妇人站起来，打量着一群突如其来的闯入者。

等我们的视线慢慢适应屋内的暗淡，领导跟老妇人说了一些话，大意是"近来好不好？还记不记得他？"。老妇人很木讷，不说话也不点头。村主任上前，说了一长串方言。老妇人开始挪动脚步，我们跟着后退，又拐进另一间光线更暗的耳房。也是一张床，多年未洗过的蚊帐罩着，被子里躺着另一个"更憔悴的女人"。不知道灯在哪儿，也没人主动提出让灯亮起来，有人打开手机屏借光。老妇人开始讲话，只言片语，是更加难懂的方言。村主任在一边翻译，她84岁了，65岁的儿子出去捡柴禾了，58岁的女儿瘫在床上有30几年了。拿着领导递过去的信封（慰问金），老妇人的嘴咧了咧，却没有其他表情。有人转身时肘部刮到墙壁，尘土在一阵"窸窸簌簌"的声响中扑落，一股陈旧潮湿的气息弥漫开来，我的呼吸困难，我的胃像被一块坚硬的冰猛烈地撞击了一下。巨大的疼痛让我紧紧地捂住腹部，恨不能勒死这个从黑暗中偷跑出来的"袭击者"。

我们拉开撤退的阵势，村主任和周围邻居七嘴八舌地补充，让摆在眼前的这一家人的苦和难冒出冰山一角。工业园征地，这一家的田没了，征地拆迁补偿的钱就存在村委会的账上，村里每月从里面提一小部分钱做生活费。老人的儿子虽然智障，但还算得上勤快，最擅长做的一件事就是捡柴禾回家，把屋里的空处填得满满的。老妇人每天在家做饭给一双儿女，却从不出门买菜，好心的邻居给一点什么就吃点什么，村里每月定时派村干部来看一看少不少米和油盐，也从拆迁费里拿点钱买些菜蔬顺带过来。

短暂的停留和模糊的叙说，并没有让老人一家的过去变得脉络清晰。生活在边缘农村更边缘的这一家人，命运好像天生如此，却又有着令人慨叹的异乎寻常的生命力。这种生活在衣食无忧却仍陷入无尽欲望追求的他者眼中，无疑是一团深沉的挥之不去的阴霾。

随着清明节的抵临，终于结束了这个冗长的雨季。雨，也成了记忆的"酵母"，在未来的许多春天里唤醒某些人回到逝去的时间段落。我还认识并采访了一位身染重疾的道德模范。一个农村女孩，从小丧父，寄居在姨妈家，爱上了县城里的年轻退伍军人，磕磕拌拌地进了婆家的门，从没看过好脸色。婆婆快到退休的年纪，喊声倒下就倒下了，小脑萎缩，瘫痪在床。女人很纯朴，13年来尽心尽意地照顾婆婆的生活起居。令人安慰的是，婆婆是带着对媳妇的歉疚离开人世的。前年，丈夫检查出遗传性小脑萎缩疾病，女人娘家的弟弟相继诊断为脑癌，她又得照顾两个最亲近的病人。每天凌晨三四点，她要到丈夫单位的下属机构——动物防疫站"编外上班"，往检疫合格的猪肉身上戳盖蓝色的印章。等猪肉上市了，她下班回家做完给丈夫和弟弟的早餐，又匆匆赶去附近的超市兼一份薪水有限的售货引导员工作。

她每天都虔诚地祈祷上帝佑护自己亲人的平安，但弟弟一年前还是跟着脑癌走了。她剩下的唯一心愿就是丈夫活着，即使什么也干不了，他的活着是给家一个存在的符号。就是这样一个风雨飘摇的家，被疾病的镣铐桎梏着，让不堪重负的生活给挤压着。更为痛苦的是，四个月前，人到中年的女人晕倒在家中，迅疾确诊是脑血管出血和脑肿瘤，省某医院开颅手术费先期少不了数万元。道德模范标兵这份荣誉和报纸电视的宣传，聚集到的爱心捐款远远抵达不了那个数字。人们唏嘘着，不幸的家庭有着各自的不幸，太多的不幸集合到了这一个家庭。

女人躺在床上，以泪洗面，见到去看望她的社会爱心人士，说不出太多丰富的语词，只有"谢谢"这个最简单的日常用语。医生不允许她激动，但身体的颤抖让人明显地感觉到，这个在生死边缘游走的女人，每一个毛孔都在激动着。这份与疼痛和苦难有关的激动，覆盖了窗外所有的声响，让在场的我心生一阵剧烈的搐痛，好像身体内燃烧着一棵灰色的恐忧之树……

又是夜归。没有人知道，这种流水似的忙碌在很多安静的夜晚沉寂之后，带给我的是比痛更厉害的酸楚。饱满的情绪和永不复返的时间被撞挤压榨，剩下一些虚无的口号，还拖泥带水地把割裂的美好呈现在你的生活之中，故意让你欣赏一个乏味的"尾巴"。"这些程式化的文字都是过眼烟云，你得写属于自己的作品……"朋友一针见血，在我的"伤口"上狠戳，而我更是对自己无可奈何地咬牙切齿。当游离的目光在那天深夜停留在微风翻开的案头书页上，我从中感受到从春天内部生长的茂盛力量。这是一位女性写作者十分精细的叙述：写作者，就是一些经常疼痛的人。因为写作者有敏锐的触觉，于是他们很容易感到疼痛；因为写作者有痛感，于是他们闹出很大的动静让人知道他们在疼痛……当他们感知了疼痛，才能倾诉疼痛。其实那些疼痛，也是所有人的疼痛。

生活看似永没有停歇的一刻。这个春天，雨季之后接踵而至的日子，我一如继往地在外采访着，经历着。对那些光亮的鲜艳我总是健忘，而一些悲伤的面孔常常搅动我的现实生活，使之充满不安或流连。是的，面对那些与我相识、交往以及并不相识的人，他们承受的疼痛，那些满世界奔跑，喧嚣或安静、庞大或渺小的疼痛，那些生活中的灰霾，看似只是个体的，也是所有人的疼痛……

很显然，这个漫长而柔软的春天，在疼痛里抵临，但不会带着它们离开。

幻象，幻象

　　第一次且一直保存在语言表达系统中对魔术（师）的定义，是田纳西·威廉斯在《玻璃动物园》中由汤姆脱口而出的："魔术师使幻象看起来像真相，而我则把真相愉快地伪装成幻象。"

　　魔术对于生于 20 世纪 70 年代的我们来说是最有说头的。大凡男孩子从小就对它感兴趣，对其中的奥妙更是可以夜不能寐地去探索，而我们的少年时代就是日子在对魔术的追逐中消磨尽的。魔术的魅力就在于它的隐秘性。即使是今天只要几个趣味相投的朋友坐在一起，聊得最多的可能是在中国赚够了钱与掌声的世界魔术大师——大卫·科波菲尔，猜测他有多少替身，对演出场地的要求如何严格，从他能任意地在夜空中飞翔说到穿越长城，啧啧不已。没有人敢多眨一次眼睛，可还是看不出任何破绽。

　　每个人轮流回忆同魔术结缘的往事，情绪如同风越刮越大，湖面上的波纹，想要掀起什么，最后又终是复归平静。小时候就这样，对街头耍魔术杂技的人特别崇拜，并且认定他们是特异的人群。现在知道不过是藏着机关，到底是怎样的机关又说不出所以然，一般的魔术看过一次就再难吊起胃口，甚至有的普通人也能露一手，只有见到特别精彩的表演才是目不暇接的样子。不得不承认，魔术是有技巧的，而技巧的妙不可言妙趣横生又是非粗手粗脚的我辈所能戏仿的。

任何魔术都是能用科学来破译的，只是每揭开一张面纱，就会加厚一层人们的叹息，也让魔术师们少了一样可以抖搂的活计。这在今天仍然是我所不能容忍的，我喜欢将真相隐藏成幻象，不允许魔术背后的问题展现。我拒绝收看那类"魔术揭秘"的官方节目，反感得要命。

80年代，我和朋友们的20世纪80年代是共同的物资匮乏，精神生活不够丰富的。许多与我一样有过小镇生活经历的少年都是跟随穿梭街巷的货郎，走江湖的杂耍人，还有破喇叭高声叫唤的小剧团，帐篷里的马戏与魔术一步步成长的。外地人的到来让我们能够探索梦里的事，世界外的事。我们这群像着了魔的少年经常津津有味地守在外地人的根据地门口，见缝插针地偷窥躲在深处的秘密。

与魔术有关对我刺激最大的一件事还烙在脑海。邻家的大兵哥跟来到镇上的某位老魔术师混上了，倒腾了几个晚上的结果是居然让平时不善言辞的大兵哥一跃成为少年群中的明星人物。他能让一颗蚕豆变成一枚五分的硬币，让一盆清水里冒出几条活泼的金鱼，要一张红桃A转眼成为黑桃K。遗憾的是他没有把这其中的秘密告诉小镇上的第二个人，即使是对他崇拜有加言听计从的小跟班我。他于第二年便匆匆地离开家乡，中间回来过一趟但时间短暂，听说他是外地一剧团的顶梁柱，且魔术的花样层出不穷，他的表演超出了扑克牌，而是将一盆火变成一大块冰，小木箱里变出一个妙龄女郎。他的名气胜过老魔术师，然而几年后，这个半道出家自诩洞窥魔术绝窍的年轻人客死在他乡的一场车祸中。

开始我认定是魔术师大兵哥故意制造的一个虚幻事实，但他再也没有出现过。于是他成为我最熟悉的一个魔术师的死亡，让我震惊、惋惜且郁郁寡欢了几天，我也逐渐淡忘了他的悲剧，想象他还在世界某个角落的舞台上。现实让我认定是魔术带给他的厄运，从那个老魔术师诡秘的笑容里已经潜伏很久。哪怕老魔术师曾极力赞赏大兵哥天生是学魔术的料，这块料子终是没能永久地架在房梁上或是摆在客厅里。

人的想象比奇迹和魔术走得更远。而科学又是缩短任何距离的唯一。在《百年孤独》中那个叫墨尔基阿德斯的吉卜赛人"拽着两块铁锭挨家串户地走着，大伙儿惊异地看到铁锅、铁盆、铁钳、小铁炉纷纷从原地落下，木板因铁钉和螺钉没命地挣脱出来而嘎嘎作响，甚至连那些遗失很久的东西，居然也从人们寻找过多遍的地方钻出来，成群结队地跟在那两块魔铁后面乱滚"。当时这一幕在马贡多那个偏僻的地方引起的轰动可想而知。而我从阅读中感悟出"魔术师的第一堂课应该是'一切事物在于如何唤起它的灵性'"。就像那块铁锭现在被称为磁铁一样，照样把所有躲藏的事物喊醒并跑动起来。

让这些东西动起来的人是有福之人。这句话是谁说的，好像是小镇上的胡矮爹——大兵哥的父亲，他是在和老魔术师啜酒时说的，彼时大兵哥就待在一边，认真地点着头。我当时没弄明白，但是默默地记在了心中。

在从有限向无限进军的阅读中，我故意叫自己沉浸于小说、童话、故事、诗歌等充满幻象的文字中，面对它们就像观看一场魔术表演，那种"及"与"离"之间产生的分寸感，特别引人迷醉。如果可以将魔术师比作高超的作者，我是十二分地认可。作者在写作过程中的诘问和魔术师表演中的质疑属于同种障碍，但它们在粉碎后带给人们的是欢呼与惊讶。

有一次逗楼下的邻居小女孩玩，抄本小女孩的书，拣个现成的故事讲。开篇之作是格林兄弟的《花衣魔笛手》。我在她这么大年纪时可没有人拿这书给我读，母亲也没讲过它。第一次接触是从同学手中接到的书，有几张黑白的插图，我是 13 岁的样子，这么些年过去了，偶然翻到了，唯独这篇感觉亲切。

那城市是德国的哈姆伦，宁静而美丽。一次疯狂的鼠灾搅乱了这里居民的生活，人们想尽办法也没能治住老鼠。市长遭到民众的指责，大伙聚集在广场上商量对策。花衣少年——粉色的俊秀的脸庞，绿面红底的披风，衣袖宽大，似乎里面藏着更多神秘，脚上一双褐色的鞋，身上耸立着一颗鲜红的圆球，尖顶帽上插着两根色彩斑斓的羽毛。衣装的鲜艳增加了他的独特与醒目，为他的神秘铺垫了一条落满叶子的道路。他静静地躲在远远的地方吹笛子。此时没有人会注意他，只是被他悠扬的笛声吸引了。大伙为这个闲情逸致的少年而恼怒，为什么在大家发愁的时候他还感到快乐。少年的快乐在哈姆伦受到歧视。少年答应帮助这座城市消灭老鼠，条件是一袋金币。虽然一袋金币够多，但市长还是点头表示接受了。于是花衣少年吹起手中的那根魔笛，令人吃惊的是全城的老鼠被笛音牵引着，边走边舞一只不剩地跳进城外的河里淹死了。哈姆伦的老鼠灭迹了，可花衣少年只得到了一枚金币，他被市长和哈姆伦的人们以狡猾的方式欺骗了。

花衣少年临走时，丢下一句话：这个充满谎言的城市会有一场灾难。

但是哈姆伦城的人们只顾沉浸在庆祝没有老鼠的欢乐中，没有谁在意这句话。岁月的流逝让人们几乎忘记了那场鼠灾和花衣少年。有一天城外的山坡上又出现了花衣少年，他的笛声听上去有些沉郁，片刻后变成欢乐的节日曲。哈姆伦的孩子从四面八方朝山坡跑来，随着越来越响的笛声走。花衣少年要带他们去哪里？他自己说是带孩子们去一个没有谎言的地方。孩子们高兴地进入一个大的岩洞之后，岩石堵塞了洞口。

哈姆伦城的人们这下后悔了，母亲们哭泣着，父亲们捶胸顿足，但于事无补。垂头丧气的市长又许愿花衣少年肯把孩子们送回来，将把所有的钱给他。这到底是个美丽的陷阱还是真心的忏悔？谁也不知道。花衣少年再也没有出现。

结尾是这样的："每当圆月当空，人们就仿佛听到委婉的笛声在诉说，哈姆伦的孩子们在没有谎言的地方，生活得很幸福。"

这位花衣少年，不，是花衣魔笛手给哈姆伦人们的惩罚也太过残酷了，那么多的父母在一瞬间失去骨肉，仅仅是为了一次谎言的代价。

那支有魔法的笛子是怎样的呀？曾是我许多夜晚梦想得到的东西，我对它的形状产生过一千种的幻想，最后归结为看似普通却魔法无边。花衣少年用它展示的作用还只是它本身魔力的一小部分，我深深地相信。

花衣魔笛手一度成为我少年时向往的人物之一，悠闲地踩着阳光的鼓点，怀里揣支施了魔法的笛子流浪。和小女孩在一起选择了这个故事，无非是对过去的一种偏爱。在结尾后面有一段补白：据说，此文是以 13 世纪哈姆伦有 100 多名儿童失踪事件为基础而流传民间的。这应该说得上是"把真相愉快地伪装成幻象"的故事，读过之后，许多奇形怪状的思考会占据你的夜晚与梦境。你能说格林兄弟不是高超的魔术师吗？

小女孩听得很认真，眼睛一眨不眨。我问她，你喜欢魔笛吗？她点头。我再问，你喜欢花衣哥哥吗？她却是摇头。为什么呢？她说花衣哥哥让小朋友们都没有爸爸妈妈了。我只好解释说，花衣哥哥是想教训那些说谎话骗人的大人。女孩说，以后我不说谎。她反问我，我爸爸有时就说谎，大人说谎话，我是不是会被花衣哥哥带走？……小女孩的单纯一举击破幻象的堡垒，将真实提供出来。

要是时间允许，小女孩和我的对话可以无限地延长下去。

一个故事结束了，一段神秘在时间与空间的交叉处保存。幻象，幻象像枝头鸟儿的鸣唱，旋律很好听，但内容我们不懂。

最后的演出

"某日若得到上海，请定让我知。"

深夜的浓墨可以淹没一个人的悲伤，我是这样想的。当我翻看博客上的这条留言时，我恍惚地问自己，给我留言的她真的走了？到另一个世界就再也不回来了？

如此宽广的世界，她轻盈地一跳，挪出了自己的位置……这个空位，却刺眼地灼伤人们的眼睛。因为看不见了，我怀疑生活的真实性。

上海戏剧学院戏剧文学系教师、中国作家协会会员、著有多部长中短篇小说和翻译作品……33 岁，她的履历表上原本还会延伸的路，戛然而见悬崖。那么多人对年轻的她的钦羡，对她才华的赏识和创作的认可，都变成了长长的哀叹。

2010 年春天，北京朝阳区八里庄南，鲁迅文学院。那座被很多人怀念的小院子里，储存着来自天南海北的 52 个人相聚的欢乐、尖锐的争论、喧嚣的沉默、真诚的鼓励……四个月的相逢、相识、相聚、相知，然后是离别画上了一个句号或省略号。回到庸碌日常生活轨道上的我们，还没来得及梳理值得永远珍藏的记忆。8 月的"尾巴"，她就用这个令人措手不及的消息，把自己从一个俗世拂开，让彼此间隔着天堑。她拂去的，是一片静默的尘埃，还是一树灿烂的花朵？

记忆的刻度上，开学不久她给同学发来两篇小说，抗日和家族题材，颇见功力。她谦虚地向我，也向其他同学"请教"，我班门弄斧地说了些阅读感受。她忙不迭地道谢和柔柔地微笑点头，这是我们交往的开始。

在食堂的长条桌上，她与我聊三湘大地，聊毛泽东和那段革命之路，聊湖南的水和山，她说湖南还没有她的足迹。我邀请她过往一游，她很爽直地应允在未来的时间里抵达。

某一天，她成了我们太极社团的师妹，非常认真地跟着师父和师兄，打着不到位的一招一式。那些有她加入的夜晚，开始有了更多练习中的欢笑。她又中途放弃，我们没有谁去追问原因，可实际上我发现，她仍然一直陪着我们。只是她变成了在大厅下跳子棋、打乒乓球。后来，她要学球，我粗浅地与她过招，她总是说学不到位，眼睛里闪着一丝迷惘。我那时丝毫没有觉察，那是她内心深处的迷惘不小心从眼神中流溢出来。

鲁院的每一堂课，她是最认真的：端正地坐着，手指在键盘上敲打着听课笔记。她口才极佳，我们说，某日她能成为"戴锦华第二"。她的衣着休闲飘逸，颜色搭配令人赏心悦目，留下的是现代大家闺秀的印象……

这是我们之间淡淡的交往，君子之交，甚至会因学业的结束而更淡如水。可她在毕业前弄出的响动，让我今天拥有了更强烈的思念。那个不一样的夜晚，她和另外两位女同学在校门外的夜宵摊上，突如其来地搬出"制作一台毕业晚会"的设想——排演《〈雷雨〉外传》。果真印证那个听出茧的俗语"三个女人一台戏"。她在抛出设想的一刻就搭起了舞台的框架，在脑海中物色演员。我从另一桌给她们打招呼，她把目光投向我，蹦出"周萍"两个字。我以为那是她随口的一个玩笑。

次日中午，我在外吃饭时，连着收到她的七条短信。原因就是我拒绝了已经搭起的剧组的邀请。对没有演出经验，更不曾想去挖掘这方面能力的我来说，这是赶鸭子上架的苦差事。分别在即，有没完没了的聚会，有与在京友人流水一样的告别。坦言，我没有他们那种热烈的奉献和牺牲精神。

她的恳切相邀和不依不挠的坚持最终击破我的堤防。随后仅有不到一周的排练时间，又让我看到一个投入工作之后极其敬业的她。写剧本初稿，半夜修改，守着一组组演员排练，十分专业地讲戏，直到演出时她一步步地把控着音乐、节奏……那一幕幕画面，反复出现在我眼前，她和每一个演出者，深深地感染了我。排练中所占去的休息时间，曾使我的情绪一度极其糟糕，犹豫着退出。又是她的宽容和理解，她只言片语的短信，她邀请剧组在朝内大街秦唐府吃陕西大餐时的坦诚道谢……让我从退缩到内心积极，从习惯了沉默和观看勇敢地走到前台。演出的成功，让鲁十三在那座精神的院子里绽放了一朵鲜艳的花朵，有了不一样的意义。而我也从中明白，一个好导演对演员的影响是多么巨大。在舞台上的那一刻，我们的演出都凝结成她一个人的演出，我们是从她的精神之树上分岔的枝丫。正是因为她，让我们在鲁院学习结束后的今天仍有着沉甸甸的欢喜与更多的话别主题。

然而，还有那么多细微的回想和美好的感受，都因为她猝不及防的离开，一一凋谢，永远也不会再盛开。恨与爱，这两个包罗万象的词，都不足以概括悲伤的回忆。

时间的流水冲刷着我们庸碌的生活，繁杂、不停的工作对内心击打造成的空洞，让独处的夜晚变得格外潮湿和寂寥。那些夜色中闪烁的光，流动的身影，无论浮华喧闹或是黑色冷漠，交织成一张细密的网，把积淀的忧伤一一打捞上来。夜归途中的神思恍惚、飘远心绪，才会回到那个已经告别的"舞台"，回到曾经欢聚的时间刻点。

那个临时搭起的剧组，每一个成员，不止一次地追问、探寻过以这种决绝的方式离开的理由。那张被修饰过的脸，躺在告别仪式的中心舞台，仿佛只是一次疲倦之后的深睡。无物质之忧，前景看好，有那么多人苟且偷生，难道只有她思考着活着的终极意义，所以，她选择了死去。真正的理想主义者在悄然离开。

在春天的绵长雨夜，那次演出的碟片已经开始播放片尾字幕，一行行熟悉的名字，定格在"导演：于东田　编剧：于东田"的位置。这是她的名字，曾经跟随一篇篇文学作品、一堂堂精彩讲课、一次次热烈讨论出现在众人的视野。掏出振动的手机，却发现是又一次错觉。触摸手机屏的号码簿，Y，她的名字，11 个阿拉伯数字紧随其后。忍住删除的念头，拇指停在绿色键钮上唯恐触礁。过去会响起声音的那一头，如今只有一片空白的想象，一片漆黑的舞台。一瞬间，我的耳朵，与这世界联络的通道无端被堵塞。喧嚣的世界，因生命的相隔而沉寂。

我缓缓地挪开手指，仿佛只是紧紧攥住一个虚无的存在。

她的离开，只是一个号码的消失?!

因为她，一场演出诞生，一个剧组建立起深厚的感情，一群业余演员记录下最初的舞台最后的演出。也因为她，拉开的大幕从此紧锁……

起身关上被雨滴敲打的那扇北面窗，却再也关闭不了对曾经拥有过的时光的悲叹之闸。

情绪书

质数的孤独

现在的你去了离雅江最近的县城。早上起床，不知要不要给你发短信，我感觉到那种依恋，丝丝缕缕地缠绕在心头。你说昨晚睡得不好，我也不知该说些什么，你这样子我真的担心。你说要我不担心，可怎么可能呢？

风吹哪页读哪页。真是有趣至极。不知你读过沈从文的书没有，他写过一段很纯净的湘西爱情。他说："我一辈子走过许多地方的路，行过许多地方的桥，看过许多次数的云，喝过许多种类的酒，却只爱过一个正当最好年龄的人。"这不是经典的爱情表白。

告诉我，为什么刚刚分开就那么想念……我什么都做不好，或许是什么都不想做了，心里想的全是你，你的影子在脑海里怎样都挥之不去，几乎是要抓狂的感觉，让我欲罢不能。一遍遍读你的信，回想才刚刚过去的那几天，多么期盼相聚的日子可以到永远，可是这一期盼又是多么可笑，多么不可能……

你越是对我好，越是令我深爱，我越是不愿放手，想到不可预知的未来，我就感到揪心的痛。我不好，一点都不好，你看到的，你以为的，我很听话、懂事，都是我刻意假装的，因为我怕你担心，因为我知道你希望我不要太孩子气，可是这样，我好累。我没有办法让自己轻松起来，我终于知道自己为什么在过马路时会担心被车撞倒，因为我潜意识里是希望自己被撞倒的，那样的话，就可以安安静静地什么都不想了。可是，我又那么不甘心自己就这样离你而去，我还有好多愿望没有实现，我还无法舍你而去。

此刻，我陷入极度颓废的情绪里了，是一种质数的孤独，请原谅我，原谅我……

所有的门都关上了

天灰蒙蒙的，雨一直在下，没完没了。下午，我静静地站立。透过窗口，不知那天边暗色缱绻的乌云中，是否隐藏着一颗巨大的惊雷。

我还是控制不住自己的手，自己的心……

昨晚，借着微弱的灯光看了你许久，想要拼命记住你的眉、你的眼、你的唇、你的鼻，你安详睡着的样子，想到或许穷尽一生也无法相守的未来，我的泪顷刻泛滥，却不敢惊扰疲惫睡去的你。

或许是因为这样压抑着睡过去，梦中，我被人盖住头，眼前漆黑，呼吸困难，喉咙被扼住，挣扎着，孤立无援……噩梦惊醒时，心情灰暗到极点，庆幸那一夜那一刻你还在身边，紧握你的手，绝处逢生，所有的心门都关上了。

一直记得那个真实的西蒙娜·德·波伏娃，曾经在她 19 岁时发表著名的独立宣言："我决不让我的生命屈从于他人的意志。"我偏执地信奉这个理论，我唯一能做的只是不计结果地爱你，期待着痴心或许能换一生呢。

雨一直下，心情像冰冷的雨一样地阴郁着。毫无意识地翻开手边的一本杂志，读的却是有关精神病研究院的一段故事。那些研究精神病的专家，也多少有着阴郁的心理。而我在跟随阅读的"精神的郁积"中，突然地生出"绝笔"之感。似乎每次向那个邮箱里发信，都成了绝笔！

有人说，爱情的强弱程度，取决于男女大脑深处的化学物质——多巴胺，去甲肾上腺素和血清素。我不知道这三种物质在我体内呈现着一种怎样的交织状态，它们活跃的时间有没有规律。莫名的烦躁，却在见到你的那一刻，就瞬间消失了。有时候，真的不知道你是良药还是毒药，给我伤痛的同时也会让我无比迷恋。

时常会想，我们为什么会在人海中相遇，难道真是老天爷安排的一切，不知道你信不信命，我从前是不相信的，我总觉得人能改变自己的命运，可是现在，我渐渐相信了，仿佛一切早已注定，让我在这个错误的时刻遇见你，欲罢不能。

我们是自己的魔鬼

未来的路不管如何坎坷，始终要由我一个人走下去。

突然，对一切事一切人都没有了期待……

我无从知晓，我们在一起的时光能有多久，或许第二天醒来就是结束。我想现在自己能做的，就是把每次与你相处都看作是最后一次，让自己快乐，也让自己尽量少带给你一些忧郁。人的感情总是难以控制，特别是我，间歇性神经病总是会不定时地发作，我心里很清楚，这样的我，你是不喜欢的。你喜欢看到我笑，那以后在你面前，我就保持微笑的样子，就算分别后，你再记起的，也只有我开心的样子。

"湖海悠悠，孤舟浪头，来人未渡，残照山楼。"这是那位大师后来发给我的短信，他说这是一个很不好的卦。我与他没有见过面，第一次接触，他算到的事情却真的很准。卦面的意思，是说我的婚姻如同湖海悠悠，现在的我孤身一人站在岸这边，他在岸那边，却不会渡过湖海，终有一天还是会分开的。

你说，所爱的一定能完全拥有吗？人生中某些人某些事，当努力去争取过，就算不能拥有，就算有遗憾，也比白发苍苍时自责自己没有努力要好。因为我这样想了，所以，我现在不要和你分开，我控制不了自己对你的爱，我无法忍受没有你。那天发神经般说要离开你，换来的是无尽的心痛，原来我是那么害怕你消失不见，我以为固执地跟自己说一百遍不爱你，就会不爱你，原来这次说谎的游戏我再也骗不了自己了。

我很想让自己坚强些，无谓些，坦然些，很想不再为你增添苦恼，很想做个听话的、默默爱着你的人，可是当你说要离开我的视线，那一刻我就有虚脱的感觉，如果那一刻阎王来取我的命，我想自己定会义无反顾地跟着走了。走到现在，我已经判断不出我们的开始到底是不是个错误。那就是错误的吧，可是为什么我又会无法自拔？难道爱一个人也是错误的吗？

我爱你是以悲剧的形式肯定人生

经过楼下的十字路口时，救护车呼啸而过。我的心被揪得紧紧的，忽然害怕起来。我不喜欢凑热闹的，可是这次我却几乎是奔跑着过去，想要一探究竟。拨开人群的那一刻，我能感觉到自己的手在发抖，直到看到地上躺着一个不认识的男人后，悬着的心才终于落下。我真傻，这个时候你应该在家中的，我怎么会以为遭遇车祸的人是你呢？围观的人很多，我站在人群里，身体麻木得竟挪不开脚步，直到看着医生把那个奄奄一息的男人抬上救护车离去，剩下一摊血和肇事车辆留下的玻璃碎片惊心触目。

人群渐渐散去，我的心很痛，很累，拖着疲惫的身体慢慢走回家，天空竟然飘起了细雨，想要快点找些光亮平复心情，走到家门口时才发现，钥匙不见了。那一刻，我再也坚强不起来……待我取回那枚备用的钥匙再次回家，我乘坐的车恰好停在发生事故的地方，这里已恢复正常交通秩序，不知道刚才那个男人是否脱离危险？又或者已经离开人世？

终于安全到家，房间依然空荡寂静，我的心也依然沉重。这个晚上发生的事，让我半天回不了神，种种假想的场景充斥着大脑，令我无法安生。人的生命真的太脆弱了，生死就在一瞬间，我害怕了。忽然觉得，我们不应该爱得那么深刻，那么浓烈，因为这样的爱，让我们彼此都害怕失去，倘若这个世界忽然没有了你，我该如何面对？我真不敢想象。

最近，我时常在想你说的那个问题：人活着是为了什么？在我看来，应该是能为别人带来快乐吧！可我却没有做到，我已经找不到足够的理由来证明自己存在的价值了。在家人眼里，我不听话不懂事；在朋友眼里，我情绪化、易冲动；在同事眼里，我丢三落四、不够认真。现在在你的眼里，我开始自私、刻薄了。

想要停止自己的错误，想要改变自己，却觉得力不从心，我好累，想睡下不再醒来。你说得很对，人不能太自私了，我们不能为了追求自己想要的生活，而伤害一些人，而不计后果。爱一个人没有错，但是也没有谁规定，爱，非要有个完美的结果。此刻，我能体会死而无憾的意思了，对你，我还是说不出"决绝"这两个字，因为我害怕一旦说出口，我们就成了最熟悉的陌生人。

回不到从前

深夜。高速公路上一团漆黑。偶有几束光杵杵地射过来。听到的是车轮唰唰的声音，是它的欢叫。抬头看，真的像看到一枚夜航机的灯闪烁而过。

我们还能回到从前吗？

脑海里竟然冒出这样一句话，不知是问自己还是问别人。真想狠下心来斩断过去，重新开始。多年前那些漂泊的心思也像水中的鱼浮泛起来，过去的漂泊是为一份遥远的事业，而现在，只是为了寻找一个遥远的天堂。

你不知道我这些日子的感受，我几乎每天都会想你，尤其是夜深人静时，心中的绞痛，常让我的泪痕从黑色的夜里走到晨曦。你能想象，一条原本是两人约定要走下去的道路，突然被抛弃的感觉吗？我就像一条在大海中航行的船，突然没有航标灯，风雨大作。但前面的路呢？我只有咬着牙走下去，因为已经无路可退。

偶然翻到陈丹青的画，草原上，就是一个世界。这些陌生的人和陌生的羊群。而我只是站在画面之外的人，被寂寞给吞噬了。也许我们以后还能做朋友，也许我们就是陌生的路人。

"夜照亮了夜"

"是这样的，从一开始我就是进入了一场梦境，所有梦里的都是美好的，而梦外的事实是屡屡给我以沉重的打击，残酷。"

就在刚刚结束的那场昏昏沉沉的午睡里，我看见一匹紫色的小马在烟雨蒙蒙的草原上奔跑。开始他是欢乐的，后来我分明感觉到他的迷茫、无助，在偌大的草原上显得如此渺小。他还有所期待？他的奔跑以前那么充满力量，而如今，没有了方向。不是路程太遥远，而是他在向前眺望时，已经看不到曾经同行的伙伴。

从草原到一座山的距离只是一个蒙太奇镜头的链接。他在踽踽独行，在狂风暴雨中，那片青色的印痕，如一块跳跃的光斑，在他的心头捶击着……也许他在后悔着，如果不是滞后，脱离队伍，也许他不会如此孤单。可他不知道，他的同伴，一直把怨恨的目光深藏在浓浓的夜色之中……

　　小紫马身陷泥沼。他一点点地下沉，这时候，他终于看到了一个俗世的巨大力量。远非他这具小小的躯体所能承载。他骄傲地昂着头，望着远方，他视线穿越的地方，雨停了，清晰可见。有一棵野草，那是他在经过她身旁时，野草所做的自我介绍。"我只是一棵野草，我在大自然中自生自灭。"当时，他心痛地放慢蹄步，慢慢地踱过去，想更近地靠近她，以自己的身体帮她遮挡一些风雨，他敏感地呼吸到一种叫痛的"呼吸"。他要带她离开，可野草说，我不能离开脚下的泥土，那样的话，我会很快枯萎。可野草在心里说："再靠近一点，我就跟你走。"

　　小紫马在路经一片森林时，突然地动山摇，一棵棵苍天大树纷纷坠地。他奔腾着四蹄，四处躲闪，没有奇迹发生，其实从一开始，他就在盼望着奇迹，盼望着上天将时间倒回，倒回一个错过起点的时间节，倒回可以并驾齐驱的相遇地带。树砸下来，他的腿，他的身体，在迎接着砸向他的一切事物。这一天，提前到来，也提前结束他的寻找。任何寻找都不会结束，他在倒下的一刻对自己说，我不能放弃，那是我最喜欢的。他哀伤的目光里，看到的是一个渐行渐远的"世界"，那曾是他无比向往、充满期待且快乐的世界。他的不甘心每萌动一点点，就有一棵大树狠狠地砸下来，发出沉闷的声响。他一直默默地忍受着，没有叫喊，他愿意再承担多些只属于一个人的伤害，他看到夜把夜照亮，可他也看到，大树一次次倒下，汪洋般的眼泪很快就淹没了他。

冷记忆

记忆：阴影

我站在一棵树的阴影中。

等待一个女孩的到来。在她到来之前，我心里浮现着她站在面前、略带羞怯的样子，她嘴角的那丝微笑不易察觉。我伸出手抚摸，按照树影的圆凸凸（阴影有多大由人想象）的概貌，我独自走进抚摸的快乐之中，以至于女孩已经从现实中呈现出来，她望着我傻乎乎的样子抿着嘴笑，声音细细的，那两排洁白的牙齿在阴影里张成疑问的黑洞。我对她说，我在抚摸阴影。

我听到了更开心的笑。这是几年前的一个夜晚我已经忘记，她远走他乡从此离开我的视野。而接续的日子我变成受着未知物折磨的人，像是把自己也沉到影子中并发现某种未知物一样，不知道还能对心灵的"阴影"发表一些如何的看法，我尽量保持沉默。我学会了沉默。沉默是很好的方式。就像一棵树用阴影对待夜晚，也是很好的方式。

面对那片阴影，我无端地想念生活中浮浮沉沉的往事片段。我读师范时性格腼腆的同学许，莫名地喜欢上邻班的女孩。同寝室有恋爱成功经验的同学给他出主意，要他发挥写作方面的特长，写一封刚柔并济的求爱信。大家建议从邮局寄过去，虽然时间上稍长些，但更有情调些。而许自作主张地请邻班私交甚笃的老乡转交，那老乡也暗地里喜欢这个女孩。信接过去了，自然没有交到女孩手中。但许得到老乡的答复是，女孩收到了信，神态如何如何，有戏，等吧。于是同学许就在美丽的谎言里期盼着。这种生活在谎言不被打碎的前提下充实着许同学的心灵。他将女孩走过教室窗前不经意间留下的一瞥看作是"爱的光顾"的前兆。这种虚假的前兆必然不会持续长久，在那个"初恋泛滥的年代"，女孩成了那老乡的女友，两人从"地下活动"升级到公开地出双入对，许同学开始对传过来的流言嗤之以鼻，因为老乡平时和他情同手足，无话不说。每个人都有保存秘密的权利，但几乎整日生活在一起的人群中，相对于两个人之间的秘密有时就会变成关系破裂的动因。"失恋"的许同学从此不再相信任何形式的友情帮助，他的性格压抑导致精神压抑，他自我感觉且流言中认定他处在老乡"高大"的阴影里。在老师与同学没有丁点儿防备的情况下，他在即将毕业前的某天深夜，跳进了学校偏僻的正待整治的池塘里。当时有几对在池塘边窃窃私语的小恋人冷不丁被这冒失鬼吓了一跳，据说他那老乡也在其中。

任何形式的阴影，只要源于心灵，必然是对人生理与心理的大障碍。我们不清楚每个人相遇之前的经历，就像我们不知道许同学破裂的家庭从小带给他的痛苦与孤独，他把生命寄托在情感的获得上，获得感碎裂了，生命也碎裂了。

悬念大师希区柯克一生与悬念作着有趣的斗争游戏，并将它提升到人类生存的地位。那些悬念之所以产生良好的效果在于他将不平常的事件置入日常的生活场景中，形成鲜明的对比。他也是我所见到的创作者中最关注阴影的人，他的构思在疑惑、阴影、慌乱、焦虑中跳着圆圈舞，给电影的副标题写上"当心背后有人"就极富象征意义。前些日子看《谋杀的阴影》，希区柯克一开始就抛给我们一个疑团："我不知道怎么办。我不知道，也没人可问。他们说，闪电不会两次击在同一个地方，可是，你怎么能那么确定呢？"疑团像阴影般尾随着我们的阅读。在一桩谋杀案中，克拉德（温特太太）涉嫌杀死病中的丈夫，最终又被法庭以证据不足释放，她带着女儿哈莉特迁居到"我"家附近一个叫幽谷屋的地方。"我"以为来了一个好的玩伴，可大人们禁止与这类名声欠佳者来往。在后来的交往中，在姐姐和仆人们的私语中，以及凭借自己敏锐的观察，"我"发现那个危险人物——坏名声的制造者——其实就是哈莉特——傲慢的小精灵鬼。她毁坏了值得怀疑的糖罐——谋杀温特先生的毒药存放处。而善良的妈妈克拉德一直蒙在鼓中，与亲密的奈德叔叔坠入爱河，谋杀的阴影又开始笼罩着这个单亲家庭。"我"无计可施，只有坐着等到黎明，不知道该怎么办，也没人可问。故事就是如此，那阴影缠绕着"我"和观者的我。

只有时间，真实的时间，不会畏缩，在阴影面前。他勇敢地望着前方，告诉我们行进的目标，已经脱离那棵树的阴影。在我的誓言里，约会将不在树的阴影里重复第二次，我让那笑声留下，埋进阴影的墓坑里。

公式：相遇

在生活中，那些满心希望相遇的人，是否已经相遇了呢？

几年前，另一个城市的好友在电话中讲述两个人的故事：他们住在城市郊区的同一栋公寓里。每次出门，不管去哪里，她总是习惯性地向左走，而他总是习惯性地向右走。他们从不曾相遇。有一天，他们相遇了，似乎要演绎一个"一见钟情"的浪漫爱情故事。但人生的许多意外使他们失去了联系方式。造成这种失去也许是他们既定的生活方式所导致。他们虽然逗过同一只黄色的小花猫，喂过同一只流浪狗，在阳光微弱的早晨，听到同一只乌鸦的叫声，但他们再也没有相遇过。在无尽的折磨之后，她决定离开这个荒寒的城市，他决定到一个阳光灿烂的地方旅行。

再后来我知道这是台湾知名漫画家几米的作品。我买到这本叫《向左走，向右走》的书，送给了当时我喜欢的一个女孩。女孩也很喜欢这本书，她说读着读着，在夜晚孤独的时候，她竟要流泪了。是为两个人的无缘还是虚构的凄美爱情，我猜测不出。而我当时满腹心思地选择这本书作为一份礼物时，是因为在封底醒目地写着一行字：

谨以此书献给那些注定相遇的人们。

此刻我眼中的"相遇"意味着和爱在一起。我相信自己的眼光并希望对方明白一种心思，这心思意在完成人来到这个世界不可躲避的使命——寻找，而后获得——一桩美妙的婚姻完全可能是在不经意的相遇中开始的。

在小学数学课堂上，老师站在讲台上津津有味地重复着相遇问题。甲地与乙地相距多少千米，甲车先出发多少分钟，然后以每小时多少千米的速度匀速行驶，乙车以同样的速度开出多少分钟后修车花费多少分钟，两车何时相遇？……"相遇"变成诸多数学公式中扎眼的符号，而这类问题老师强调的解答方法一度缠绕在我们某个时间段的学习中。路程、时间、速度这三个关键的要素互相玩起捉迷藏的游戏。就在这个游戏中，总有部分同学被弄得晕头转向，混淆内在的关系。聪明的同学大都因为理解了这个与游戏有关的问题不过是虚设的圈套而不屑一顾地赢取了正确答案。相遇由文字的表面呈现转到对象之间的立体呈现，具有了生动性。

相遇是人们日常生活中极其普遍而又深藏秘密的事件之一。熟人的相遇，陌生者的相遇，爱情的相遇，尴尬的，悲伤的，兴奋的……将"相遇"这一简明的词语复杂化。每一次相遇背后，继续发展着可能与不可能。各种事件各个人各种关系就像数根原来独立的线纠缠着，打着结，将混乱、集结、毁灭推到被指点的面前。

某天深夜在铁路线穿过的天桥上，我目睹两列火车的相遇。火车炫目的车灯远远地彼此招呼，光芒也抛向铁轨两边的棘草、石头、矮旧砖瓦房上。其实该说，南下北上的火车，包括我，是三者的相遇，或是众多的相遇。火车厢灯火通明，上千的乘客或醒或假寐或谈笑或沉思，他们不会看到我——这个位置在某个特定时间处于他们上空的人，正怀着怎样的思绪沐浴夜风，而我也看不到他们的具体——男人女人老人小孩俊丑高矮胖瘦，带着怎样的情感尾随火车的奔波走向各自的目的地。这种相遇瞬间即逝，永远也不会重复第二次。正是失去了"重复"，珍贵因此加倍。

每天我们行走在熙熙攘攘的人群中，更多的相遇被我们忘却，也许一辈子不会再启动。一个女人，是朋友的女人，丧身于车轮之下。我和她的认识与诀别都在一个酒吧里进行。初次听到不幸的消息，大吃一惊，后来朋友又有了新的女人，再后来的生活不停地异动。那女人的死就如沉到水里的石头，除了开始的"扑通"一声，其他的声响被水淹没，我的记忆逐渐将与她有关的内容剔除到角落。偶然一次也是较长时间未去那酒吧之后，在零点到来的时刻，我从酒吧里出来，认定看到了那女人，仍然爱好打扮，爱好鲜艳，走路的姿态依然有吸引人的力量。我追随而去直到她倏然消失，我对这幻觉的猜疑迫使我不敢对朋友透露一个字。即使那女人死而复生了，我也只把这次相遇挤入幻想的队列。

一个人一生的相遇等待归纳。当我们试图分门别类地贴上标签，在很多年后，就会发现这红色绿色和其他颜色的标签，文字的模糊使得他们如同房子装修过后墙角的一堆废料，孤独地待在空气里。

词语：香水

假如香水能提供（或唤醒）某种记忆，你愿意和香水交朋友吗？

晚上常与朋友闲着无事地坐在酒吧里，让穿梭的妙龄女郎满足视觉欲。"秀色可餐"成为我在许多个美好的夜晚脑子里反复涌出的词语。我经常光顾的那家"70后"酒吧，以她的散漫与色彩，音乐的笨拙与气氛的轻盈吸引着年轻的人们。一次为了占座位我去得稍早些，周围很静，细细的语声让人不以为是来到了"70后"，看得见灰尘驾着风在落日余晖的最后一缕光线里游荡。隔着一桌坐着三个年轻女孩，朝气蓬勃的样子。两个染栗色头发的先来，径自坐下，拨手机玩，嘻嘻哈哈地说与笑。手机饰物上闪烁的蓝光灼人的眼睛。第三个女孩姗姗来迟，成等边三角形坐下，跟在她后面的男人帮她放下那只船形包，然后悄悄地走了。男侍者踩着那男人离开的背影走过来，似乎很熟悉地从托盘里取出酒和玻璃杯。"喜力"的小瓶啤酒，20元每瓶。开始酒吧比较安静，能听得到她们的说话内容，是围绕一个没到场的朋友展开的，好像是争论着她的生活是否有趣。后来音乐来了，酒吧里的人也渐渐增多了，说和听就明显吃力多了。她们不再说话，而是不断地碰杯，然后一饮而尽。于是身边清脆的"嘭嘭"声像水底不断冒起的气泡，让我凭借声音想象她们的身份。还需要说明的一点是，当深色的酒瓶在桌子上排成长列时，从三个女孩身上飘荡而至的香水味，那种浓郁、充满挑逗意味的香水味，隐退成啤酒的麦香。

这些幸福的女孩，只要她们高兴，身体就会洒遍香水走在大街上，惹满神色各异的目光与暗中滴落的口水。也许你会说，女人天生是香水的朋友，但也许有多少喜欢香水的女人，就会有多少拒绝香水的女人。

我老家小镇上邻居家的小女孩，从小一头齐腰的秀发，轻盈地出落于乡土味十足的男孩群中。她总是远远地看着我们在泥土中翻腾，她的聪颖、善良、学习的优异，让我们只能靠无理取闹地奚落她来安慰自己虚弱的内心。可糟糕的家庭气氛在她幼稚的心灵中形成的恶性循环，压抑着她的性格。在女孩懂事的那年夏天，她偷了家中母亲的钱去买了一小瓶"花仙子"牌花露水，被母亲发现后狠狠地揍了一顿。我们站在她家门口，一只脚踏在门槛上，看着她的长发被她酗酒后的母亲（酗酒的母亲都是可怕的）左手揪住，右手中的一小撮竹扫把抽打着那细长的腿，裙子因为挣扎而不时被无意中撩起。我们都张开嘴巴哈哈地笑着，起着哄，像看一场街头的把戏。女孩眼中的冷漠与坚定并没能刹住我们的歪风，也就在那天夜里，她带着她的体香与那瓶花露水，走进了石桥下涨水的河里。她的离开也留给我们一个谜团，无法破解，她的行为是不慎还是有意而之。难道真是一瓶普通的花露水夺去了一个纯真女孩的生命吗？是否可以说是她用生命的代价，来抵挡香水的诱惑。等河水退去后，我们曾在离桥不远处的河底发现了那只花露水瓶子，嵌在乱石缝里，绿色的液体透过玻璃与水的双重折射，把我们的眼睛连同心脏一起刺痛。

两个世纪前，一个凶手的故事与香水有关，出自作家聚斯金德笔下，颇具传奇意味。在烂鱼堆里出生的格雷诺耶，在臭气熏天的巴黎，将成为一个另类的人。他母亲因为临产时的不负责任而被判故意杀婴罪。他被修道院收养，先后由两个乳母带着，没有人喜欢他，因为他没有——人身体该有的气味。他任何气味也没有，像一块石头。到一定年龄，他跟一个皮匠当学徒，受了很多苦。他靠鼻子轻易地将所有事物的气味分开，更有趣的是，他通过气味来认识词语，如他闻到木头的气味，就会说"木头"，而"跑"这个动作没有气味，他的脑子里就没有这个词。格雷诺耶成了一个只对气味感兴趣的人。

当时的香水之都巴黎，有位叫巴尔迪尼的香水制造商恐慌着梦想着每天都要有新的香水品种出来。他和皮匠有来往，就发现了格雷诺耶。此时格雷诺耶已经是一个狩猎香味的人，并用不血腥的方式杀死过身上散发"细嫩"气味的女孩。到了巴尔迪尼那里，格雷诺耶创造了许多种新香水，也学会了配制的技术。后来他离开去深山待了 7 年，当他重现江湖时，成了一位职业杀手，他用涂满上好油脂的麻布把被害少女尸体裹严实，气味就进了布上的油脂里面。在他杀了 25 个少女之后，他拥有了世界上最厉害的武器——洛尔香水。香水使格雷诺耶高高在上，但可悲的事情——不能嗅到自己的气味也同样地发生在他的身上。

当我将自己渐渐地沉入这个夜晚来想象香水以及相关的事物时，我感觉到一种秋天的凉意隔着皮肤敲打着我。在属于自己的空间里，香水是虚无的；而一旦走进别人的生活里，香水的气味将从四面八方赶来，扰乱着我的嗅觉与记忆。

阅读：迷失

1999 年 12 月 31 日，星期五。当夜幕降临繁华的省会城市时，我奔跑着去一个电话中约好的地点见一个人。是的，如你所想象，他给过我一些鼓励，在省报编发过几篇重要的作品。你们从时间也都看出来了，那是个全国各地交通堵塞的夜晚。我的眼睛里晃动的车流人流像是从地下涌出来的，无法阻挡，一齐涌向当晚无人入眠的广场。我发现自己总是到达不了约定的地点，于是担心走过头或者想具体了解距离还有多远，我有礼貌地询问从身边走过的人，得到的答案是模糊不清，我逮住执勤的警察，满以为找对了主儿，可从他们抽象的面部表情和机警的目光中，我认识了"不合时宜"四个字。像四扇旋转的玻璃门,把灯光折射到我的眼睛上,一阵阵眩晕海浪般袭击过来。

我迷失了方向,也迷失了时间,在一个陌生的地域,满城的灯火没有一盏是为我而亮的。在后来的日子里,我对这座遐迩闻名的城市持有戒心,并拒绝它的诱惑,因为它曾经将一个迷失的人陷入更深的迷失之中。

有一天,我在卡夫卡的文章中读到:清晨,街道清洁而空旷,我正赶往火车站。我与塔楼上的大钟对了一下表,发现时间比我想象的要晚得多。这个发现使我惊慌,以至于我快要迷路了,因为我对这个城市还不太熟悉。幸好附近有个警察,我走近他。他微笑着说:"你想问我该怎么走?"我说:"是的,因为我找不到路了。"他说:"你还是算了吧,算了吧。"他说着一个急转身走了,就像那些想独自发笑的人一样。

这又是一个多么相似的经历。也许更多的人都有过,只是记忆的重叠将它掩埋。我想属于自己的那个世纪末之夜,那晚的心慌心碎折叠往上,始终没有突出时间的重围。而卡夫卡文章中的那个警察一转身,抿着嘴偷着乐了一下,许多现实将成为不可能,许多不可能成为现实。为什么会这样呢?我们总是在夜晚在一个人的时刻表中喃喃自语,为什么又不会这样呢?

我喜欢卡夫卡,他像一只小甲虫穿行在语词的密林里,把别人搅得昏头昏脑,自己却暗自高兴着。有时候我真的喜欢他的困惑、城堡似的寓言、对审判的奋力反抗,但有时我也学会了嘲笑和轻视。如果一个连自己也迷失的人,还有什么书写和将"迷失"强加于他人的理由呢?同样我在一个叫朱琺的小说家那里,看到一个热爱家乡又想闯荡世界的青年,在大旱那年被人谋杀于一条河流边。他的愤怒以及想渡过河流使他不得不去刺杀杀了自己的人。他们相遇了,说了一番话,七拐八弯地讲清了他的出走和他的被杀,记忆呈现了,那条河流——冥河以及时间也呈现了。就像结尾的那段话：……冥河上的黄雾越来越浓，我已经看不清脚下的黑土地。在我前不久还活着的时候，我记得家乡昆仑邑流行的 36 种传说、36 种与之相关的传说里，曾有一种把这弥天的黄雾叫作"时间"。

是不是那个迷失的青年已经走出了"迷失"？

好几年后，当我渐渐地成熟且经历丰富，也渐渐发现年轻时那么多的所谓迷失其实是一种错觉，不是幻觉也不是真实的感觉。这只是我的想象，但并不能取消现在涌发的心中的疑团。我们每天跟随时间奔跑，也是说明：时间在，我在；我在，时间在。这种哲学所教育出来的大脑，被醒悟后的思维抛弃。在人群中产生的迷失就成为一个人造的陷阱，成为受词语阻碍的思想，我们不仅把自己掉下去，也通过某种方式慢慢将别人推下去。在和朋友们聊天，谈让自己喜爱与困惑的文学、哲学与人生，谈到各自的迷失时，我会很冒失地说出艾略特曾经说过的——

"为成为你还不是的人/你必须沿着你还不是的那个人走的道路。"

往前走。往后走。往一条如何的路上走？

词语的鸟群

镜　子

　　一个人不会无缘无故地想起一个陌生的词语，就像我把手插在口袋里回忆，脚趾紧贴内心。

　　那么从镜子开始，我是那个梦想成为镜子的人。这种梦想有时也会令自己莫名其妙，就好像我坚定地相信任何事物都能在镜子里得到反映。我自作主张地把自己当成镜子。镜子的功能不只限于照见，还是能够陈述。镜子走在路上在许多地方遇见许多人，于是在心中有了叙述的欲望。镜子的叙述绝不类同法庭上的义正词严，它是平等、轻松、真实并且充分表达的。

　　是的，每个人都有一面看不见的镜子悬挂于身体之外，需要照见来证明，叙述来补充。

　　坐在镜子前面，你必须诚实。此时诚实是你头顶的一把达摩克利斯之剑，镜子能看见一个人的灵魂是否鲜活、具体和平静。比如一个场景：房间里。座椅，人，镜子，堆得老高的陈年杂志。静默地对峙。在镜子的背后，是否有人等待，滔滔不绝地论辩，推心置腹地倾诉。从镜子里看得到房间每一件事物的举动，可它本身与陈述无关。镜子只是一个强大的记录者。记录的再现就是一次陈述。

慢慢走过来，镜子望着你暗淡的眼睛。镜子里首先映现的是那一道刻骨铭心的刀疤。刀疤足足有两寸长，堆在左额上，像一条鲜艳的蚯蚓潜伏着。在它的面前是否隐蔽着另一个敌人。刀疤是叛逆的标志？或者耻辱的象征？还是一场意外的教训总结？没有人清楚其中的猫腻。

假定有这样一个时刻，一个心情，在某种力量的驱逐下，刀疤的拥有者——我——坐在夜晚的镜子前讲述。我的语气平静，不像是经历过风浪的人，更不像我的刀疤代表着我的身份不详。我缓缓地说我将死在自己的迷宫里。而那个双眼近视得几乎瞎掉的老人是这样开始叙述的：

他脸上有一道险恶的伤疤：一条灰色的、几乎不间断的弧线，从一侧太阳穴横贯到另一侧的颧骨。他的真实姓名无关紧要……

我承认这种叙述更能激起某种埋在骨子深处的欲望，或者说是将一摊死水搅拌起底层的腥味。谁也无法带走欲望，谁都必须忍受腥味无休止地钻入鼻孔钻入心灵的细小裂缝里。

镜子帮助我们窥视心灵。那个犹大式的人物，在南方的庄园里淹没了自己的过去。在革命年代，在牺牲的光荣号召里，他背叛了自己的誓言。他曾经靠辩证唯物论指点每件事情，断言胜利的是真正的革命者，他的腔调不容置疑，他像是发号施令的长官。在黑色风暴来临之前，他成为一个把革命者推向敌人枪口的告密者，告密者领取了赏钱和伤疤逃离射击模型人的现场。伤疤就成了曾经的革命者留在世间的纪念。

最后老人喃喃地说：

难道你没有看到我脸上带着卑鄙的印记吗？我用这种方式讲述故事，为的是让你能从头听到尾。我告发了庇护我的人，我就是文森特·穆恩。现在，你蔑视我吧。

让我们开始蔑视。而蔑视又能在内心存储多久？其实这种叙述是镜子不满意的，太断章取义，太简单呆板，太晦涩难懂。我不是酒醉后的胡言乱语。每个人都有自己的表达习惯，面对镜子，一个空洞的物象，一个巨大的概念，一个创造的叙述场。即使你逻辑理念顿失也无足轻重。我们所要回到的现实情形是这样的：

在一个月亮害羞的夜晚，为了寻找一桩可望而不可即的爱情，镜子照亮模糊的前程，也照亮一个人鲜血淋淋的伤疤。如今我继续端坐在镜子前，从容不迫地回忆往事。那个黑色的窨井像一把锋芒毕露的刀，划伤了光滑的脸庞，也阻碍美丽的构想。

只要有镜子的地方，不管心灵如何斑斓和幻化，扑朔和迷离，都能体验到存在。而追求存在与虚无是同一条大路的两条分岔，又终将殊途同归。镜子的憧憬是永远不要沾染灰尘。将从拉萨河里沐身后的石头搁在镜子面前，每颗石头不言不语，散发出与日常生活萦绕不同的气息，它们和镜子里的"它们"代表的一种事物、一个人和一次记忆……在冬日懒洋洋的早晨慢慢地醒来……

马蹄莲

这一个女孩，也许是女人，在相当长的时间里盘旋在我的脑海。像长（cháng）翅膀的鸟群合二为一地从眼前飞过。曾经被我想象成赫斯珀里得斯（希腊神话中黑夜的女儿们）中最精灵的一个。我用词语的幻觉展开叙述，具有多种发展的可能性。

A女孩走在街上，我们暂且叫她为A。她走的是T型台的步伐。

她身材高挑，做过游离子后的披肩长发飘逸、亮色。阳光跌在头发上，像是扑在一面玻璃墙上，"簌簌"地往下落，又总是落不尽。她的背影吸引了众多呈弧形的视线，行走和无事可做拿逛街来消磨的人。从她出现开始，街上长满一眨不眨的眼睛和张开的嘴巴。在那些各具神态的眼睛里，藏着惊诧、想象、嫉妒、贪婪、追求、污浊。目光扑向她身体的各个部位，时间或长或短，又终于掉下。一个人与另一个人相撞，一个人与一根水泥柱一级台阶相撞，将目光从向往中撞到现实的地面上。水泥地面不会反弹，也不是顾影自怜的镜子，看见过她的陌生人互相遗忘。

她像城市上空的一朵云，飘走了，明天又会有另一朵云飘来。天空里飘来飘去无数的云霞，她是从目光里走过来的。

A 女孩就是色彩的调合体。她的身体毫不保留地展示着丰富的色彩和更丰富的想象。你看到了，你想到了。这种（些）颜色被你追逐，你的目光在色彩的光芒下是空洞的。空洞中伤你的心灵，让你莫名其妙地浮躁、冲动、失落、伤感，还有幻想。

她走上天桥，桥上风大，桥下车流如梭。桥上的护拦多多少少遮住了一部分人的视线。她身上的长摆裙随风拂动，她的步子变小，像推掇着犹豫和彷徨。她的面容是镇定的矜持。她对身边的声音和光毫不动心，仿佛它们甚至连她自己都是虚无的。

在风最喜欢的天桥上，她物质外表粉饰下的心灵开始褪壳，然后呈现。任何坚强的外壳会被一击粉碎。风在这一时刻吹醒她心底的一切忧伤。这种忧伤像什么？没有人说得明白，每个人给出的答案不同。那些匆忙的脚步纷繁的灯光此起彼伏的声音将它淹没。

不到 100 米的天桥，她走得太慢，像是数着自己的步子和记忆，像走着自己的一生。天桥上的人终归是要走下桥，要离去的，而姣好面容的背后隐匿着什么的她，也要钻进某处房群空荡荡的房间里，拧亮淡柔的光，一个人面对一个人的忧伤。

A 女孩的忧伤永远无法读懂。她喜欢躲在自己的身体里做梦。她走下天桥，顺着这条商业街各式各样的店铺走，直到停在一家花店门前。她不容许你想她是否会买花或者只是为了欣赏花的美丽和清香而停下来。一枝生命力旺盛的马蹄莲被她拿在手中。白色的花在鸡心形的绿叶子的映衬下，愈显娇美。花和叶上有泪水的痕迹闪光，映着她长睫毛下眼睛里的光斑。马蹄莲和她站在一起是相得益彰的，终于能看清她眼神中一缕不易察觉的柔和与舒缓，摇晃目击者的心。

一块玉。人们稍加留意就会发现她的白脖颈上悬着一块玉。玉是长方形的，上面的一缕飘移的血丝能证明它的年代。玉由一根红丝线系着，很熨帖地垂在耸起的乳峰之间。玉和马蹄莲站在一起，不时会有身体的接触，马蹄莲又害羞地逃开。玉此时是阳性的，它坚定的目光让马蹄莲变得犹豫和柔情似水，还有忧伤如泉涌出。

泪水是马蹄莲真实过的证明。

在 A 女孩眼中，大街上的每个人都是同一个人，同一个符号。她从他们身边走过，又把他们扔在后面，扔进一个个怪异的梦里。夜晚的雨声是能帮助人思念的。对于这个女孩，是否能听见雨声，是否能为自己编织甜美的梦，也成为一个谜题。而在人们心中，她的背后是个怎样的故事？是怎样的悲欢离合令人心碎？奇怪的是，女孩臂弯里没有一只精致的包，也没有吊一个晃荡的手机，唯一的饰物只有那块玉。现在她的手中又多了一枝马蹄莲，马蹄莲是阴性的，这样，就有了一种惺惺相惜的感觉，就有了两个忧伤的女孩互相体贴与安慰的感觉。

生活是偶在的网络。女孩就是网络里的美腿皇后，喜欢守住自己的位置。《三色》的导演基耶斯洛夫斯基这么说，一个偶在的个体的命运是由一连串偶然事件集合而成的，个体没有一个恒在的支持。偶在是决定性，即使是爱，也在偶然中成为碎片。这个存在于现实中的女孩期望得到的爱是什么样子？她的爱是否已成碎片随风飘散。

当 A 女孩出现在我们的视野中，在你我不得不承认她的漂亮和气质不凡的同时，是否想过她从哪里来又往何处去？

女孩、服饰、口红、大街、脚步、目光，这是一个由物质决定的虚假现象。女孩就是日常生活中的一种常例。A 女孩步子里的自信是积木搭起来的，一旦有外界某些力量的施加，它就会轰然倒下。倒下是谁也不愿目睹又必然的结局。一位朋友在酒意酣畅时说，我真相信这世界上有国色天香的女孩，但她绝不会走在拥挤的大街上，而是躲在某栋豪华的别墅里或者干脆在床上。这是一个多么大胆而又虚情假意的假设。

问遍满街的嘴巴，没有人会说比喜欢 A 女孩的美丽更喜欢她的忧伤。于是，她连同对自己的想象，从我的视野走过，在哪里我见过她。她的美丽随着时间而被遗忘，而变得空虚。女孩和我，谁站在更远的地方，谁在谁的暗自神伤里，意义模糊不清。

夜　晚

夜晚如期而至。城市在身边睁开眼睛。

曾经有这样一幅画落在视野里，她不允许自己将它从记忆里抹去，画就鲜明地存在于记忆中。在一幅巨大的黑底画布上，红黄蓝绿青橙紫等各种色彩像一滴滴饱满的汁液溅落在画布的不同位置，又像空中炸开的焰火，四处流淌。画的名字挺长，她记不清了，随它遗落在夜风中。她还不知道这作品该属于什么主义，只是一种视觉上强烈的刺激带来心尖上的一阵颤动。

那幅画带给她对城市的夜晚无尽的想象。城市的夜晚跟随寂静爬满她的小房子。一个女人即使在夜晚也要精心化妆，再走上街头，这是城市女人，这是城市夜晚空气中黏糊糊的原因。路灯、发光的灯箱广告、霓虹灯、汽车首尾的灯……将夜晚的城市点缀在人们眼中，在没有星月之光的黑色中。城市的建筑也在灯光的映照下此消彼长地抛洒蒙眬睡意。浮躁的分子比白天更加张狂地流动在大街上，喧嚣在城市内部发酵。她耳朵的听辨力在流动和膨胀中毫无方向。

在某天夜晚的前奏时间里，她正读到那个变成甲壳虫的作家卡夫卡的文字。多日来她习惯于这种阅读，将自己沦落到角色之中，然后走进夜晚里寻找另一个自己。她以为他的夜晚是虚静之境，是任何人永远无法抵达的地方。他是夜晚的站岗者。

> 大地完全沉入夜色。人们在四周睡觉，他们以为自己正睡在房间里，在结实的床上，在坚固的屋顶下，伸展四肢或蜷缩着身体躺在床垫上……到处是黑压压的人群。他们在寒冷的露天下，冰冷的地面上，倒卧在他们早先站过的地方，额头枕着胳臂，脸朝着地，平缓地呼吸着。而你正在站岗，你是一位守卫者，你挥动一根从你身旁的干柴堆中捡起的燃烧着的柴枝，发现了你最亲近的人。你为什么要站岗呢？你说得有人站岗。必须有个人在那儿。（卡夫卡《夜晚》）

那儿是哪儿？暂时她还未能（时间不允许，夜晚已经降临）充分理解他所说的内容。她仍然要回归现实之中，走进自己的夜晚。

在城市的大街小巷里，不知何时起各式各样的酒吧茶吧在夜幕降临时分一起苏醒，开始歌唱开始亢奋。它们占领着消耗着相当一部分城市的生命，帮助人们去体验，高峰体验或者记录下你的痛苦他的恋爱她的泪水大家的踪迹。

酒吧是城市流动的飨宴。酒吧里黑色的大门一张一闭地吞吐着一个个脚步。女侍者的微笑引领着你在狭窄的通道里穿行，门上的灯火给每一个夜晚行走的人抛着妩人的媚眼。在这间叫"奥·维也纳"的酒吧里，一位长发披肩的男子在黑得透亮的钢琴上一首又一首地演奏着邓丽君的歌曲，而另一名女歌手线条感十足地坐在众人中间，轻松地伴唱着"夜上海……"。这是一群不愿归家的人。互不相识的他们从城市的各个角落里钻出来，钻进更深的夜里。他们说自己纵情洒脱但绝不矫情，他们不虚伪，他们真实地活着。酒精在体内涌动，情绪在流淌中高涨，杯与杯相撞的声音悦耳地响着。想象飞翔的身体张开的手臂，欲望叠压着欲望，时间在逝去的邓丽君的歌声里滑落，滑落到哪里？没有人知道。

有人端起一杯啤酒，又倒入另一个空空的杯中，黄色的液体泛着白色的泡沫，润湿人们的嘴唇、舌尖，逐渐划燃那一团冷却的情绪。有人消失了一个春天，有人守时固定地从那里冒出来，没有谁知道你是谁，而坐在同一个酒吧里的人们也无从分辨你是谁谁是你，在这里只有啤酒、音乐、酒杯碰撞的声音、口红、飘浮在空气中的香水味。城市的心灵在这里成了酒的女人。女人需要爱，像城市需要夜晚。城市的夜晚给了人们寻找爱的良机，真的，假的，短暂，或者永远？

黎明是夜晚的尽头，而城市的夜晚是一群人不知疲倦的怀念。

白日焰火，或带刺的吻

房间里的河流

走向河流的那天，天空蔚蓝如洗，水流有些湍急混浊，发出比往日更加嘈杂的声响。她穿过低矮的灌木丛和纷乱的草地，把几颗有些分量的石头塞进长衣外套的口袋。她的脚步异常坚定地向河流中央迈进，水打湿肌肤，透出一股冰凉。岸边的树林摇曳惊慌，她的身体也不由自主地打了几个寒噤。耀眼的笔尖在镜头里闪回多次，从白卡纸上发出犀利的伴奏音。水漫过头顶，打着漂亮的漩涡，她看到漂摇的水草，从深邃的黑暗中跑过来裹住生命的躯壳，耳畔顿时陷入一片荒芜的宁寂。

这是电影《时时刻刻》的开篇，也是一个女人生命的结束。此前，女人经常坐在乡下住所宽敞的房间里，夹着冒着微弱火光的香烟，用力地吸下去，又长长地吐出来。"偏偏就在这一天，她清楚地看到自己的命运。"她把笔一次次地插进墨水瓶中，又在那种白卡纸上塑造着书中主人公"戴洛维夫人"的命运。她在这间房子里，虚构着另一个女人的生与死、爱与恨、眼泪与欢笑，而最终，她自己从这里走向了死亡之河。

这是位于英国苏塞克斯的罗德美尔的一条河流。河流吞噬过各种不同的事物，但唯有吞噬这个献身的女人后，它才被更多的人、更久远的时间记住。在层峦叠嶂的文学世界里，这个女人被雕刻成一个不朽的名字——弗吉尼亚·伍尔夫。

那年夏天，我为了换取一纸证书，不顾酷热的袭扰，埋首于一堆意识流的经典作家中。乔伊斯、普鲁斯特、伍尔夫……这些名声贯耳的大师，高谈阔论一生都不会冷场。但我没有西西弗斯的坚韧，无法一次次地把这些巨大的石头推到山顶，即使离成功永远都只一步之遥，而我最终半途知难而返。但当我几年后不带任何目的性重新阅读他们，特别是伍尔夫时——《到灯塔去》《对于现代文学的印象》《狭窄的艺术之桥》《一间自己的房间》，却生发出许多美妙的感受，仿佛所有感官都敞开着。那些曾经的障碍、迷惑、痛苦、愁闷，那些冗长乏味的长句、坚硬如铁的思想，都与我友好地握手言和，就像体育课上的障碍跑，不知是我的身体长高了，还是跨栏高度降低了。

某个夜晚，我在影像中与罗德美尔河相遇时，仿佛看着那张脸像妮可·基德曼的女人，良久地站在岸边，眉头紧锁，愁容满面，一言不语。她素日欢喜的碎花长裙，在身影消失的河面上继续漂移，那么多人走过，都没来得及过去拉扯一把。把她推向死亡的抑郁症在好些年前就开始光顾她的身体了，不安的因子从哪里而来，没有人说得清楚。

出生于书香之家的弗吉尼亚，叫伍尔夫的名字是她嫁给伦那德·伍尔夫以后的事。身体不好的她虽没有去过公立学校，全靠父母的教读，但她的天赋极高，在父亲的书房里坐拥万卷、睥睨俗世。读者熟知的她那篇被公认为文学界的女权主义宣言作品《一间自己的房间》，以讥讽之笔墨抨击当时男性作家对女性作家的歧视。有人考证，她的"女权"缘于对父亲莱斯利·斯提芬重男轻女思想的愤怒对抗。斯提芬是英国 19 世纪后半期"维多利亚时代"的著名评论家和传记作家，与续弦夫人裘丽亚·德克华斯婚后生下了弗吉尼亚，但他只送了两个儿子到公立学校（后来又送进了剑桥大学），却把两个女儿留在家里。这让弗吉尼亚一生都心怀怨恨。命运总在关上一扇门的同时，为你打开一扇窗。父亲的这种轻视，又在某种程度上造就了弗吉尼亚，她终日在父亲藏书的河流中畅游，又倚仗母亲的语言、历史、数学等基础教育，奠定了她超过常人的文学和审美根基。

封闭而广泛地阅读，让弗吉尼亚在文学上的羽翼日渐丰满，但她身体里潜伏的疾病也伴随精神的远游而渐露端倪。1895 年母亲去世后，13 岁的弗吉尼亚第一次发作抑郁症，1904 年父亲去世时，她痛苦得企图自杀。在当时的认知里，人们局限地认为弗吉尼亚是患有精神病。在书房和卧室，她时常焦虑得像一头愤怒的小兽，她不善于也不喜与人交际，在写作和思考陷入泥淖时不愿见任何人。长兄如父，哥哥索比·斯提芬想到且能做的是给这个家换一个新的环境，以减少妹妹睹物思情所带来的困扰。1906 年，斯提芬携全家迁居伦敦布卢姆斯伯里区。这次搬家，意外地给弗吉尼亚带来了文学史上一桩值得赞许的姻缘。

当时，斯提芬那些剑桥的好友常来家中聚会，这样的聚会者中，有大名鼎鼎的小说家 E. M. 福斯特，诗人 T. S. 艾略特，批评家德斯蒙德·麦卡锡，经济学家凯恩斯。这个后来被称为"布卢姆斯伯里集团"的文艺群体，成了伦敦颇负盛名的一处文学艺术中心。弗吉尼亚在这些交流者中，与毕业于剑桥的经济学家、政论家伦那德·伍尔夫恋爱并于 1912 年结婚。伦那德虽非这个群体中的佼佼者，但这个"身无分文的犹太人"性格温和善良、待人忠诚、体贴入微，最重要的是，他青睐于弗吉尼亚的文学天才，并甘心情愿尽一切努力支持妻子的文学事业。

婚后，伍尔夫的称谓在朋友圈里取代了弗吉尼亚。甜蜜的爱情并没有让她的身体状况发生好转，她的抑郁症发作，再次企图自杀。尽心善意照料妻子的伦那德，盘算着如何调剂病愈后妻子的情绪。他买来一架印刷机，与伍尔夫一道学习排字、印刷技术，尝试着编辑了两册小书，编辑的成功既带来了收入上的增加，又让伍尔夫有了一个精神上的关注点。1917 年，这对夫妇索性创办了霍加斯出版社。

我曾经读过百花文艺出版社出版的《伍尔夫日记选》，从1915—1941 年，26 年的时光记录，她生前从未想过要去发表，那是些完全写给自己看的文字，有的从写下后她就再没回眸过。她去世时留下多达 26 卷的日记手稿。"由于过分的私人性质，在其中所谈及的许多人还在世时，这些日记是不便发表的。"伦那德是这么认为的，但他还是从这些日常文字中看到一个作家和艺术家的独特表达方式。在伍尔夫去世 12 年后，伦那德精心选编了《一个作家的日记》，由霍加斯出版社出版后一售而空。这些日记多是伍尔夫对经典作家莎士比亚、塞万提斯、拜伦等人著作的阅读笔记和随感评论，也有与当时英国重要作家哈代等人交往的纪实，更多的是她对创作过程中思考和情绪，日常生活中心理变化的记录。它们完全是写给自己的"心灵史"。

住过疗养院，情绪不稳，意识不清，脑里经常听到声音，自杀过两次，伦那德一直包容并爱护被精神疾病折磨着的伍尔夫。他想带她远离战火的喧嚣和生命的残酷，到乡下过一种平静的生活，让她尽情挥洒才情去思考、写作。但自称"被医生包围，害怕生命被人夺去"的伍尔夫曾几度偷偷离家出走，有一次伦那德追到小镇上的火车站，两人发生激烈的争执。孩子气的她告诉伦那德，留下来就会死，要回伦敦，她无法面对生命的时时刻刻。那一次的伦那德以尖锐的言辞揭示伍尔夫的怯弱、病史。这比温和的劝解效果好一百倍，伍尔夫最终握住了那双因刚在花园劳作沾满泥土的手。可以说，没有伦那德这个忠诚伴侣所奉献的无私的爱，伍尔夫的生命和创作都很难走那么远。

可能那些不太喜欢她意识流小说的读者，往往都很钟情她的评论、日记和散文（书信）。她飘逸多姿的文字，既有散文的广博丰富，又有诗的凝练生动，善于捕捉那些属于人的浮想、变化的精神状态。一个现象在时间里得到印证：伍尔夫去世后，她的作品继续发表出版，评论和研究的浪潮持久不衰。正如法国作家莫洛亚所言："时间是唯一的批评家，使当时看似是坚实牢靠的荣誉化为泡影，也使曾经觉得脆弱的声望巩固下来。"

在阅读她的文字时，我常常会质疑，这个思想如此强健的女人，怎会跟抑郁症一拍即合。很长一段时间《时时刻刻》中的影像，伴随笔尖划过白卡纸的窸窣声音浮现脑海。她的忧愁、伤感、苦闷，在她所经历的第一次世界大战、十月革命胜利、1918—1923 年的各国工人运动、1929—1932 年的严重经济危机、第二次世界大战爆发的纷乱时代，在她从霍加斯、阿什罕、塔维斯托克、梅克伦伯格到罗德美尔的迁家生活中，一度相随，不离不弃。纷飞战乱、时代变迁，让她产生了深刻的危机、厌恶、隔绝和怀疑之感。她就这样过着两种生活，现实中的和小说中的，美好的，或恐惧的；完整的，或撕裂的；自然的，或毁灭的。她常常发呆、出神，忘记眼前的存在，突然想起一件事就非得立刻完成，连多年的女仆也常有微词，她把女仆气喘吁吁地召唤去，又什么也记不起来要吩咐什么。一个女人在世俗生活中遭到非议，但没有人能否定她在文学万神殿中的排列位置。

我一直以为伍尔夫是不苟言笑、安静肃穆的，但偶然之间读到的一个小"野史"竟让我捧腹大笑。在与"布卢姆斯伯里集团"打得火热的那段日子，有记载的是 1910 年 2 月 10 日这天，弗吉尼亚假扮阿比西尼亚的门达克斯王子，前往韦默斯访问英国海军的"无畏号战舰"。陪伴她身边的是弟弟亚德里安假扮的翻译，贺拉斯·科尔假扮的英国外交部官员，邓肯·格兰特等人假扮的随从。这支装腔作势的队伍竟得到了盛礼般的接待。天衣无缝的骗局被当地报纸披露出来后，使舰队司令威廉·梅伊颜面扫地，英国军界、外交界极度尴尬，这无疑是对当时英国国防力量和官僚体制的挑战。这场神话般的"王子秀"，后来为人津津乐道，我没想到，伍尔夫曾经有过这么精彩的演出。我也在想，若是伍尔夫从事演员工作，她的抑郁疾病是否会在不同的人生演出中得以消弭。

1941 年 3 月 28 日，伍尔夫在罗德美尔的乡间住所写作她的最后一部小说《幕间》时，再度陷入抑郁症发作的强烈痛苦之中。这个拼尽力气追求完美的女人，不愿将精神崩溃者的烂摊子留给丈夫，主动将拖累的"尾巴"斩断。那天早晨，她打开房间门，通往外面的小路那么幽静，仿佛有种神秘的力量在召唤、牵引，她默默地走向平日呼吸着清新空气的野外，走向罗德美尔河。

"当你终于了解人生，就能真正地热爱生命，然后才舍得放下。""永远不要遗忘，生命中的时时刻刻。"这些属于伍尔夫最后的人生台词，跟湍急的河流一道远走他乡。她也许是深深向往着，在没有尽头的时间里，让生命在这条波澜起伏的"河流"里获得永生。

白日焰火，或带刺的吻

多年前在那个小县城停留的夜晚，诗人朋友邀请我分享他刚借到的影碟《日瓦戈医生》。那是个令人激动的夜晚，诗人和我在观影结束后争相叙说着冰天雪地的壮美风光，动荡革命年代里知识分子的跌宕际遇和文学中的经典爱情唱挽。当谈到同名小说作者、1958 年诺贝尔文学奖获得者帕斯捷尔纳克时，深受苏俄文学影响的诗人从满墙的书堆里精准地挑出一本《俄罗斯白银时代诗选》，然后精准地翻到茨维塔耶娃的诗章，说，是这个唯一能同阿赫马托娃媲美的俄罗斯天才女诗人催生了老帕的"日瓦戈医生"。

　　这次访友的意外收获，让我第一次把目光聚焦到俄罗斯广袤丛林中这棵被遮蔽的白桦树上。茨维塔耶娃是帕斯捷尔纳克的爱慕者，他们年纪相仿，同一国度，同一爱好，互相称对方是"俄罗斯当下活着的最好的诗人"。她经常在纸上世界与他相遇对话，两人在交往甚密的 13 年时间里通信多达 250 多封，充满柔情蜜意。当有人提到帕斯捷尔纳克的名字时，她会条件反射般答道："这是我最亲近的人。"但两人终因政治上的分歧分道扬镳，她捍卫自己的人生原则，对心仪的爱人也不敷衍。这场分离起初并未在帕斯捷尔纳克心中引起多大的震动，也许更多来自茨维塔耶娃的自杀悲剧。他对茨维塔耶娃自我践踏生命的做法有着无法言说的负罪感。纵然她的死并非他一手造成的，但他在内心认定自己是那一时代里个人悲剧的推动者之一。战争结束后他埋首写作，远离官方意识形态，不再考虑所谓"党的要求"，又仿佛是要捍卫一个逝者荣誉的复仇者，最终写出了为其带来显赫声名的长篇小说《日瓦戈医生》。

　　捍卫荣誉？复仇的写作？一切不幸来自个体的局限性与绝对性。茨维塔耶娃恰好就是这两者的合体。让人郁结的悲剧结局是这样的——

　　1941 年 8 月 31 日，茨维塔耶娃回到僻远的叶拉布加镇，因战争爆发被遣散至此的她，为了儿子的学业想迁到作协所在地奇斯托波尔市，并申请到即将营业的文学基金会食堂做洗碗工，这些请求遭到委婉拒绝。她走回租住屋内，茫然环顾空洞的四周，坐到简陋窄小的木桌前写信，这是与儿子穆尔的最后一次交谈。她给自己爱过的很多人写信，但过去的那些激情、甜蜜或忧伤荡然无存。她显得从未有过的清醒和充满力量。她像搬一块块巨石般写下活在人世的最后见证，然后找来一根结实的绳带自缢。

　　小镇上没人惊讶她的死，因为大家对这位异乡女诗人很陌生，只有房东大婶在叹息："她的口粮还没有吃完呢，吃完再上吊也来得及啊！"茨维塔耶娃被草草埋葬在叶拉布加的一座山丘上，没有立下任何标志的墓碑。死亡蕴酿由来已久，只在等待一个合适的时机推门而入。在她贴身的口袋里，人们看到了她留给儿子的信："小穆尔！原谅我，然而越往后越糟。我病得很重，这已经不是我了。我爱你爱得发狂。你应当明白，我无法再活下去。转告爸爸和阿利娅——如果你能见到他们——我爱他们直到生命最后一息，并向他们解释，我已陷入绝境。"

这个"绝境"，不正是她在国外流亡的日子里夜不能寐的"远方"吗？"远远近近，无论到哪里，／我总要把它携带在身。""我纵然断去这只手，／哪怕一双，也定用唇作手，／写在断头台：那揪心的住所——／我的骄傲，我的祖国！"茨维塔耶娃 1932 年写下的这首《祖国》，道出的是她在战争与政治动乱年代对祖国无法割裂的思念之情。但这个她所热爱的国家，以怎样的方式迎接流亡归来的茨维塔耶娃全家呢？

现实的冷酷在她生前与死后都是叫人绝望的。大概是两年前，她带着穆尔从国外回来，找不到工作，没有一个老朋友与她来往，多数苏联读者不知其名，熟悉她的老作家也绝口不提，在那个人人自危的年代，谁敢提到这位流亡国外 17 年之久的"白军眷属"呢？她死去的这一年，苏德公开宣战。其丈夫谢尔盖·艾伏隆被当局抓捕羁押，一个半月后被秘密枪决。女儿阿莉雅德娜此前流放"古拉格"，穆尔应征入伍并很快战死沙场。孤独的生活，爱的流散，被全世界抛弃，活着的意义一次次地被自我否定，茨维塔耶娃是真正绝望了。她以极端的自杀方式投入了祖国怀抱，不正是帮她完成一次热爱的表达吗？

阿莉雅德娜曾说："妈妈两次因为父亲毁掉自己的生活。第一次是离开俄罗斯寻找他，第二次是与他返回俄罗斯。"

但谁能拒绝祖国、故乡在每个人心中梦寐萦怀的呼唤呢？

　　茨维塔耶娃出身于富足的知识分子家庭，父亲是大学教授、著名艺术家，普希金国家造型艺术馆的创始人。有德国和波兰血统的母亲是音乐家，精通多国语言，弹拨一手好琴。艺术的熏染，让茨维塔耶娃很早就开始了诗歌艺术的启蒙，但母亲的早逝，无人管束任其自由发展的家庭环境，又养成了她极端的性格。在她成长的日子里，害怕孤独，耽于幻想，她渴求遇见的每一个人都是精神上的知己。她一生痴恋过多位谋面或未曾谋面的心灵知己，但上天难遂人愿，那些想念和激情在心中燃烧没多久，就很快被生活的洪流扑灭。知己成异己，希望变绝望，她唯一的解脱是抒写一行行或悲怆或广阔的心灵诗歌。

　　在茨维塔耶娃的精神伊甸园里，那些她曾爱过的男士的名字，是"眼睛上的吻""幽蓝冰结的泉眼"。出版商维奇尼亚克，评论家亚历山大·巴克拉赫，青年男子阿那托利·斯坦格，丈夫的好友贡斯坦丁·罗德茨维奇，青年诗人施泰格尔……她开始一次次的爱情冒险，情人关系一经虚构，立即刮起"感情风暴"。她特别钟情于那些会写诗或喜爱诗的年轻男子，她并不需要对此人有多少了解，甚至故意推迟相识的机会。她只需要一次邂逅，一封表达倾慕的来信，她其实是在与想象中的完美的人恋爱。但这些多是她单方面付出的爱，最后总是不了了之。在茨维塔耶娃的爱情观念中知己灵魂的融合永远占据首位，堕入情网成了她生活中的家常便饭，但她经历和迎来的始终都是不幸和不圆满。"绝望风暴"随后掀起，为从中解脱，她疯狂写下许多流动着爱恨交织的情诗。恋爱成了激发她创作灵感的源泉，这也是她的爱情诗格外打动人的重要原因。每首诗都有对象所指，每段情感都有可触可抚的细节。但随着年岁增长，她爱得越来越少，妆容不整，心情苦涩，白发丛生，那终究要关闭的情感之门突然坍塌，因为爱情带给她的只有痛苦和伤害。

　　多情的证据链，还可以延伸到茨维塔耶娃的一次同性恋情，虽然这段恋情被研究者们避讳不谈。她这次热恋上的女诗人帕尔诺克本身是位同性恋者，持续一年半之久的同性恋给她的性格留下烙印。"因为我们的生活——/在道路的黑暗中各不相同，/因为您充满灵感的诱惑"，茨维塔耶娃在诗作《女友》《少年诗篇》《致女骑手》中倾诉心中的欢乐，也向人们供认出她为同性吸引带来的恋情。这段热恋关系在 1915 年年底破裂，因为这时又一位异性倾慕者闯入了她的视线。

而在茨维塔耶娃生命中另当别论的两个重量级男人，是里尔克和帕斯捷尔纳克。这两位优秀的诗人在她的情感之路上被她撞遇。她与里尔克的交往发生在 1926 年的夏季，短暂地延续了 4 个月。他们书信往来，互寄作品，茨维塔耶娃几度想去见见这个"活生生的、呼吸着的、在某个地方居住的爱人"，当她还在信中试探里尔克同意与否时，里尔克因病去世。在他们通信的过程中，里尔克因每况愈下的身体而无奈地冷淡回应，以及他对婚姻家庭的抵制、对孤独的享受，几次让茨维塔耶娃气恼不已。她在信中明白地表达浓密的爱意，"吻到你的心"，"直至灵魂（咽喉）深处——这就是我的吻"。里尔克固然欣赏异国女诗人的才华，却似乎并不想和她有更亲密的事情发生。他明白清楚地在其法文诗集《果园》中用诗题回复：他保持着诗人之间的关系，他对男女之间的关系保持沉默。这"沉默"遭到茨维塔耶娃对改变两人关系性质的反对，但反对无效，里尔克以死亡的方式保持了他们的"诗人关系"。

与帕斯捷尔纳克之间的暧昧则持续了很长时间。他们从 1918 年开始交往，直到茨维塔耶娃去世，通信多达两百多封。他们互相在作品中书写对方，以灵魂上的兄弟姐妹相称，现实生活中的几次会面计划，都因帕斯捷尔纳克的两次婚姻、茨维塔耶娃的几次精神出轨而没能实现。直到 1935 年帕斯捷尔纳克应苏维埃当局邀请参加一个在巴黎举行的反法西斯国际作家代表大会，两位诗人有了一次不成功的会面。前者要逛遍巴黎的大小商店为心爱的第二任妻子买礼物，后者没有丝毫情绪去陪他完成这一任务。在她心中，她不屑与任何不在同一起跑线上的女人竞争。当然，在他们的分歧中，更多是因为文学观念的差异及政治立场上的鸿沟。茨维塔耶娃知道她遵循的是真正的法则，艺术的自主，永远也不会加入到歌颂的大合唱之中。帕斯捷尔纳克则以更接近人性的犯错和不完美，频频站在革命胜利者的阵营，尤其是因献身集体农庄式的农业合作的歌功颂德而受到女诗人的斥责。

饥饿与战争一同而至。十月革命之后，红军与白军发生的疯狂内战，农业被毁，粮食告急，革命露出一张饥饿的嘴脸。人们在教堂里听到这样一封主教的信："腐肉成了饥饿的人民首选的美餐，连这样的美餐也很难觅得。"伴随茨维塔耶娃的富足生活也被时代这个莽夫剥去温暖的"外套"，丈夫身在军营，独自支撑家庭的她无奈之下把两个孩子送到孤儿院，因为听说那里可以吃得好一点，但女儿很快在那里生病，饥饿、脏乱、疾病侵袭，她刚把阿莉雅德娜接回家，二女儿伊琳娜就死在了孤儿院。这个刻骨铭心的伤痛，让身为母亲的她自责不已。她要和革命前那个曾经充满幻想的年轻女子决裂，决裂加剧了她对政治的远离，对那些政治狂热分子的回避。

茨维塔耶娃把自己的第二部诗集《神奇的路灯》题献给因一见钟情而结合的丈夫艾伏隆，他们起初感情很好，但妻子经常性的"出轨"尤其是那场为人嗤笑的同性恋情，对艾伏隆造成了看不见的伤害。懊恼的艾伏隆只有选择逃避，结果是行军入伍，这一步决定了他以及一家人未来的不幸命运。他先是坚决反对沙皇专制政体，一个偶然转机又成为沙皇的捍卫者。艾伏隆从 1917 年入伍后，便杳无音讯。后来得知丈夫跟随溃败的白军流亡到布拉格的消息后，她托尽关系出国团聚。正如她女儿的评述一样，这次出国虽然家庭团圆，但让茨维塔耶娃的生活和创作陷入因政治所设下的"未来陷阱"。

通往陷阱之路与艾伏隆的政治立场和身份发生着不可分割的联系。起初以反苏维埃的白俄身份出现的艾伏隆，为了重新取得一张故国的护照，在巴黎主持了一个苏维埃机构，还被招募成了苏维埃政治警察机构的秘密成员，他转身就滑向了苏维埃立场，洗"白"成"红"。不仅如此，艾伏隆还参加了苏联契卡在国外设立的公开组织"祖国之友同盟"活动。该同盟的宗旨是动员俄侨归国或在国外协助他们工作，并冒险去暗杀拒绝返回苏联的契卡成员。他的这一转变给自己也给整个家庭带来"血"的教训。一直拒绝任何政治派别"邀请"的茨维塔耶娃，越来越不堪忍受丈夫对物质现实的热衷，过去的共同语言远离他们的生活。这让"渴望成为她自己而不是其他什么人"的她苦恼，离开与否这个问题纠缠于心，但她下不了决心离开。"我生命的一半"，她的孩子相继出生，她满怀深情地记录着孩子们的一言一行。在那段丈夫不在身边的可怕革命岁月里，她与孩子相依为命，远离故土流亡他乡，这些在茨维塔耶娃的心里又烙下一个信念——"如果我现在就要死了，我更多的是会为孩子们感到痛苦，因而——从人性的角度，我首先是母亲"。

诗人让位于母亲，但母亲却与长大的孩子在政治立场上越来越对立。辍学在家料理家务照顾弟弟的阿莉雅德娜，为了挣脱被母亲束缚在锅碗瓢盆里的家庭妇女式生活，尝试过一次自杀，后离家出走，并独自回到莫斯科。穆尔到前线打仗，战死沙场。茨维塔耶娃的死，不如说是对爱的绝望，在那段身处异国他乡以及回到国内的日子里，没有了朋友，没有了可以爱的对象（除了亲人）。著名翻译家蓝英年谈到茨维塔耶娃时曾做过一个假设，她没发生同性恋、艾伏隆未因此入伍，她不一次次掀起感情波涛，不蔑视巴黎俄侨界舆论，不与持不同政见的作家朋友对立，家庭未陷入困境，而是贤淑的妻子、慈祥的母亲、稿酬丰厚的作家，她的命运又将如何呢？当然任何假设都是枉然，她的个性成就了她的文学影响力，也把她置于现实的悲惨境地。有的艺术家总是很难讨得现实的欢心，但在时间长河的下一站，我们就能看到，毁灭她的又成全了她。像茨维塔耶娃的诗歌（文学），把她从容易腐朽的肉身中单独提取出来，供到更高的艺术神位。

当宽广无边的俄罗斯平原的冰雪融化，茨维塔耶娃已被"苏俄时代的伐木工"砍伐倒地。她短暂的个体生命虽如白日焰火，但闪耀的每一瞬间都是伴随欢呼尖叫的永恒。

舌尖上的恋文

不眠之夜，拥衾翻书。揿开朋友的微信留言："我对她有着无法言述的欢喜。你可知道，她怀着不可告人也是不欲告人的秘密生活，这得是多大的勇气。"

我们议论的她，这个叫作向田邦子的女子，终生未嫁，46 岁那年曾患乳腺癌，开刀时并发血清性肝炎，右手几乎瘫痪。但这些不幸遭际，并没有影响她成为日本收视率最高的剧本作家和著名小说家，且刚从剧本转型小说创作，她就以三个短篇小说《水獭》《狗屋》《花的名字》荣获直木奖。在日本文学界，她有"大和民族的张爱玲"之称。

我翻读完手头上的"短经典"丛书中的《回忆，扑克牌》，以及另一部短篇集《隔壁女子》，试图去拼凑一个清晰的邦子形象，却感到心底深处辐射出一束束的冷意。她以一个令人扼腕的方式猝然离去，把情感的秘密揉碎进生命的归宿里——

1981 年 8 月 22 日，在邦子 51 岁那年，灾祸突降，从台北松山机场飞至高雄机场时，她在空难中丧生。

这场突如其来的变故对向田家而言是一次沉重的打击。电视新闻快报出现坠机的字幕时，与邦子关系最为亲密的妹妹向田和子隐隐有种不祥的预感。当预感成为现实，慌张的和子被巨大的压力俯视，她要继续打理和邦子一起开起来的"妈妈屋"家常菜小酒馆，还有照料母亲和那只与姐姐同在一个屋檐下的暹逻种、银灰色的猫。被有外遇的丈夫抛弃过的母亲，始终没让外人看到过她的眼泪，可睡到女儿不会再回来的房间里，那悲伤的泪水顷刻间夺眶而出。

沉默寡言的猫间或发出粗野的哀嚎，不是躲在"猫宅"里，身体紧张地僵绷着，就是夜里绕着房子踱步，等待再也看不到的主人归来。邦子曾在《马米欧伯爵大人》中描写这只爱猫："偏食、好色、窝里横、小心眼、害羞鬼、爱撒娇、喜新厌旧、好面子、说谎大王、使性子、懒惰虫、爱老婆、坏脾气……你其实就是男人中的男人。我就是看上了你这一点。"

照片上的邦子，眼亮，嘴大，上相，给人温淑、气质、内敛的心动感觉，名副其实的美女作家。可她终生未嫁，也没有喧嚣的诽闻男友和公开的恋情，这必然让人怀疑她藏掖的情感秘密，而她又是以多大的力量，把秘密捂在人们找不到的角落。

家庭和女性是向田邦子小说中的主战场。她们面临的难题，也是她所遭遇或目睹过的。父亲中年外遇，母亲独自承受一个妻子的痛苦；她在家里一直住到 35 岁那年才搬走；……隐忍、抛弃、背叛、欺骗、虚伪、压抑、脆弱，这些表面五光十色的人生故事，在不同的屋檐下发生。而在她的许多文章中，都有着与死亡相关的叙述，难道写作已经提前泄露她那个不好的结局？

邦子遇难后，青山公寓的遗物都由妹妹和母亲细心打理着。书画古董、生活用品、衣服鞋帽、手稿画册、唱片食谱等，每一件物品都散发出邦子的气味。而在储藏室发现的牛皮纸袋，也只是被琐事缠身的妹妹封存保管。当时，邦子的大妹妹隐约猜到了这是姐姐与一个男人的东西，但和子此时无暇探究姐姐的秘密。

牛皮纸袋装着"情感的秘密"，束之和子家书架的高阁。她并非没想过打开这个纸袋，只是她还没想好要如何面对属于姐姐的情感。她多少次心情复杂沉重地坐在纸袋前，又因没有自信而作罢。直到邦子离世近 20 年（2001 年），和子才真正打开一段姐姐的情事。纸袋里装有邦子写给 N 先生的五封信、N 先生写给邦子的三封信、N 先生的一本日记和两本记事簿。我在《向田邦子的情书》一书中读到了这些被公开的文字。

这些书信的字里行间，传递的只是两个朋友朴素的问候和生活状态的白描。窥私的热情被迎头泼灭。这些书信日记往来于昭和三十八、三十九年，当时的向田邦子约三十三岁的样子。这正是一个女人青春而成熟的年龄。那时的邦子，刚成为专职的广播剧作家，经常要为了赶广播、电视节目的稿子到酒店写作，有时忙得连睡觉的时间也没有。她忙里偷闲，大约三天与 N 先生见一次面，多半是邦子傍晚时分到 N 先生家，夜里十点之后返回酒店或向田家。在 N 先生看来，这个女人，总是"睡眠不足""很疲倦的样子""大概连日熬夜，显得很憔悴"，他很心疼，但把疼埋在心里不说出来……

这个被称为 N 先生的男人，要比邦子年长 13 岁，他是个摄影师，应该是邦子刚到制作电影的财政文化社当总经理秘书时认识的。在邦子眼中，那家公司里进出的都是些特别的"员工"，或是画家、摄影师，或是翻译家，这给刚从学校毕业的邦子很大刺激。摄影师 N 先生给邦子拍摄过许多照片，而邦子的文艺细胞在这个阶段被激活。正是在这样一种情境下，两人的情感之河决堤了，又很快堵上。是谁堵上的，现在我们已无从得知。

"女人一旦结了婚，这两样就全都失去了。不能够爱上别人，谈恋爱也成了滔天大罪，在以前甚至会被杀头。结了婚的女人，都是做好赴死的决心才谈恋爱的。"这是邦子作品中的一段原话，翻译过来不知有否篡改原意，恐怕这也是她个人世界里情感之光的一点漏泄。爱上一个有家室的男人，开始时邦子是无畏而有想望的。她一直在与生活周旋，掩藏着自己的情感秘密。N 先生的住处距离向田家仅两站路，步行只要 30 分钟，她经常缄默着走在这条路上，怀着她的欢喜或忧伤。她没有把这个秘密告诉任何人，也没被人发现过。N 先生的母亲为了制止酗酒的儿子，曾亲自来找过邦子，并热情地向邦子示好。这是一个可以让邦子安心的家，但最终没有成为邦子真正的家。

在两人的书信和 N 先生的日记中，我看到最多的字眼是美食。这源于邦子是一个钟情且懂得吃的女性。在她公寓不锈钢收纳柜的十多个贴满标签的抽屉，有专属的"美食"，里面收藏着一些吃食的广告单、报章、吃后剩下的礼盒、食品简介等，也独此抽屉清理得整整齐齐，后来她还出过一本《向田邦子的拿手菜》。邦子是个喜欢做吃食的女性，她在前往 N 先生住处时，常常会为他准备一些第二天的吃食。于是我们在 N 先生的日记和回信中，经常会读到：

> 晚上邦子来了。丰盛的晚餐：色拉、香肠、洋菇、烫青菜、好吃的鲽鱼。她准备完明天的食物才离开。（昭和三十八年十二月十日）
>
> 奶油浓汤第一次上场，似乎这次做的味道较淡。不过我是怀着感激的心情品尝，请别介意。（昭和三十八年十二月十七日）
>
> 下午四点过后，邦子来了……晚餐：生鱼片、烫青菜、蒟蒻炖肉、维也纳香肠、香菇、豆腐、海带芽味噌汤，好久没有吃这么饱了。（昭和三十八年十二月二十一日）

而邦子的信中，毫不掩饰地呈现她的撒娇、任性和抱怨，也有她的细心和幽默。除了介绍自己写作进度和饮食列单之外，常是表达两人一起吃饭的渴望让人怦然心动。

好久没有一起吃饭了，我们去那儿用餐吧！（昭和三十八年十一月二十七日））

关东煮的味道如何？……我期待星期天和你一起吃生鱼片、喝啤酒。（昭和三十八年十二月十三日）

如此浓烈的爱恋，在两人的齿缝间、倾诉着对食物的喜爱时，会变得格外刻骨铭心吗？这是她在寻找的合适她的那双"手套"吗？其实在邦子的心里，她懂得自己面对的是一个有家室的男人、一份得不到的爱情。她挣扎过，也曾试图退居一旁保持距离。她拼命写作，节假日去滑雪，每一天都撑得满满的，但她抵挡不了爱如潮水涌来时的心痛与迷惘。

邦子的秘密是苦涩却幸福的。从妹妹和子打开尘封的牛皮纸袋那一刻起，这份苦涩与幸福就变得那么揪心。我想象着她在酒店便笺上微笑地写着对 N 先生的挂念。而有家室的 N 先生呢，这种爱恋又何尝不是一种痛苦，与妻子分居，身体有病，不能工作，信和日记正写在他身体不好的那段时期，但他陷入了那种无望的爱恋中。他是懂邦子的，他大肆宣扬吃了些什么好吃的，仿佛身体会很快好起来。在你来我往，朋友似的静默之中，深藏着的是彼此牵挂的心。没有轰轰烈烈的誓言和缠绵，恋人之间的波流涌动几乎看不到，唯有深情的目光，从天幕折射到对方那里。有谁心中是没有秘密的呢？但邦子与众不同的是，把这段情感秘密藏到销声匿迹处。但结局呢，许多人生不讲求最终的抵达吗？N 先生也许是不忍病痛，也许是不忍世俗伤害钟爱的女人，以自杀的方式先行告别。留下邦子在这世上，把痛写成仿佛与己无关的文字和故事。

　　我很惊诧，是什么样的力量能让她在情感的战场上扮演一个独立、热情但又不失理性的女子。朋友扑哧一笑：她是射手座。我不信赖那些怎么看怎么像的星座阐释，但又忍不住要去探究"射手女"的特征。那些共性的定义词语，对"射手女"的描述如下：具有挑战精神，可以像利箭一样冲进未知领域；很想爱，却也很怕爱；刚开始只是慢慢地付出，谨慎地爱，很怕自己会受伤；把带刺的防备丢掉，不顾一切去爱她们所爱的人……我仿佛有些明白，却又还有那么多不明的"风蚀地带"，我从她的文字和故事中，仿佛在读属于她的自传一生。

　　向田邦子，这个专情的女子，从 N 先生离世到坠机遇难，再未对他人动过心。

寻找，却无从抵达（后记）

　　大概在四五年前，一个酷爱旅游的朋友在玉龙雪山脚下给我打电话，说遇见一个长相极其相似的"我"，恍惚之时，那人已走远，"感觉像是从躯体走出来的灵魂的那个'我'"。我也大吃一惊。那些日子，我正好阅读了一个冠名"蝉蜕人"的小说，一个人的灵魂和躯体在不同的地方生活，阴错阳差相遇了，最终又分离各自走远。当时这两件事引发了我的一些思考，一个人的肉体在一处活着，灵魂或在另一处迈进，只是不得相遇重合。我夜不能寐地想象那个在异地的"我"，甚至萌生寻找的冲动。这种想象和寻找若在现实中发生，促成灵魂和躯体合二为一，会是怎样的化学反应，会迸发出怎样的力量？

　　也许，写作就是一种躯体对灵魂的寻找过程。

　　和散文打了多年交道，她是亲密的朋友，又像陌生的过客，是路边一野花，又像天边一朵云。但当有人问我，如何看待好散文的标准时，我依然不能回答。散文是最自由，永远不会衰落的文体，这缘于它文体的丰富性和内容的广阔性，也得益于它拥有的庞大写作人群和繁多表达载体。又正是因为自由，因为许多人在为它的繁荣发展推波助澜，而又决定了它"好"的标准存在着多重性。

我眼中的好散文应该是"想象与寻找""躯体和灵魂"的合并同类项。好散文就是另一个蝉蜕的"我"，寻找的道路无法抵达，像没有边际的沼泽难以逃脱的命运令人无力自拔。

蓦然回首，这10多年的寻找之途，有遗忘也有铭刻。刚开始，总想着另辟蹊径、虚张声势、不走寻常路，以为这样的寻找有不断的惊喜。那时正遇上刘亮程带着他的《一个人的村庄》翩然起舞，瞬间被远方的光照亮，感觉到文字"四两拨千斤"的力量。他以自然而随意的表达方式，书写那些大地上的人或事，虽然只是一个小小的"黄沙梁"，但就同我们身边的村庄连在一起。他的成功取决于对村庄存有骨血般的感情。我猛然间意识到，寻找另一个"我"，需要带着"骨血、疼痛"出发。

10年前在江西参加过一次散文笔会。从四面八方赶来的相聚，那么多熟悉的名字虽面孔陌生，但因温暖的表情、真切的交谈而备显生动。长久以来，大家各自走在寻找另一个"我"的路上，人海茫茫，没有地址，任何终点都是起点。神秘感、好奇心，成为驱使我们上路的动力。当时的散文界，聚集着"新散文""原散文"等麾下的部队，旗号张扬，兵强马壮，壮志凌云。他们长相各异的额头上雕刻着"真实"二字，现实的真实、内心的真实，还有历史的真实等。真实的东西是能引发人的共鸣的。人类自身普遍存在、真实的想法和情感，都是共通的，大家都在寻找它，然后用新颖的文本形式来呈现。"寻找"或杳无音信，或千回百转，或节外生枝，或喜获丰收，"寻找"所造就的开放性叙述、别致的表达、执着的信念，让人灵犀相通、情绪亢奋，不为挫折和失败所累。

一路上，我们看到那么多的耕者在散文的广袤田野上栽种下生命的四季作物。他们各具特色，随物赋形，我们读到的是属于他们的那个"我"，无论是对历史的解读还是对现实的书写，内容远远重要于形式，流露出的个人精神气质、思想体验都是深刻而独特的。寻找，在平常的文字下构筑一条独特的精神秘密通道，这条通道抵达心灵，打动人心，带来阅读上的新奇与激奋。这无疑是散文的又一层境界的"好"。

寻找的路迢迢无期。身处"全民写作"的时代，书写量与日俱增，掉转头时又发现，另一个"我"在起点等待。散文写作更应该是最简单和朴素的一种。它最容易成为个人与世界的联结点，来表达我们内心的困惑、焦虑、疑问，欢乐、心动、希望，表达我们对世界的思考与见解，以及去发现、建立、颠覆、重构这个世界与人的关系。这种写作应该是慢的，不把内心那么点东西轻易地就放泄出来，应该让它在内心慢慢地成为一粒生命力旺盛的种子。只有这样的种子，在外界条件如温度、水分达到合适的状态时，才会结出非常健康、有力的文字果实。于是我们的寻找又成为另一种方式：靠近事物、突出细节、抵达现场、自由而真实地表达。

那个散文的"蝉蜕"绝不会固守一处等待我们的到来，她也在不停地奔走。寻找由此曲折多变，充满不确定性。所幸的是，我们总能在寻找的途中遇到前行的朋友，感受到人间烟火的温暖。再远再难的路，因为这温暖而不再孤独，寻找的意义也不再被现实中的结果圈囿，又或是在印证一句耳熟能详却践行何其难的话："你若不离不弃，我必生死相依！"

文学之路，师友之情是最好的鼓励，也是他们见证着我迂回闪躲或跨越腾挪的身影。在此向无法一一具名的他们表达内心的铭记之情！继续前行，是唯一的感激方式！